扶贫手记

◎ 姚高峰 著

SPM
南方出版传媒
广东人民出版社
· 广州 ·

图书在版编目（CIP）数据

扶贫手记 / 姚高峰著. —广州：广东人民出版社，2020.8
ISBN 978-7-218-14274-6

Ⅰ．①扶… Ⅱ．①姚… Ⅲ．①日记—作品集—中国—当代
Ⅳ．① I267.5

中国版本图书馆 CIP 数据核字（2020）第 080607 号

FUPIN SHOUJI

扶贫手记

姚高峰 著

出 版 人：肖风华

责任编辑：廖智聪　李尔王
装帧设计：@静坐等水
责任技编：吴彦斌　周星奎

出版发行　广东人民出版社
地　　址：广州市海珠区新港西路 204 号 2 号楼（邮政编码：510300）
电　　话：（020）85716809（总编室）
传　　真：（020）85716872
网　　址：http://www.gdpph.com
印　　刷：广东信源彩色印务有限公司
开　　本：787mm×1092mm　1/16
印　　张：16.5　字　　数：210 千字
版　　次：2020 年 8 月第 1 版
印　　次：2020 年 8 月第 1 次印刷
定　　价：38.00 元

如发现印装质量问题，影响阅读，请与出版社 (020-85716849) 联系调换。
售书热线：（020）85716826

到2020年现行标准下的农村贫困人口全部脱贫，是党中央向全国人民作出的郑重承诺，必须如期实现，没有任何退路和弹性。

　　我一直惦记着贫困地区的乡亲们，乡亲们一天不脱贫，我就一天放不下心来。

——习近平

序一

/ PREFACE

2020年是中国脱贫攻坚收官之年，在这个特殊的时间节点，常德市鼎城区一线扶贫人姚高峰的《扶贫手记》即将付梓，它的出版，有着特殊的价值。

它真实地记录了一名普通扶贫人的心路历程。接受任务时的抗拒纠结、遭遇挫折时的彷徨无助、面对人生风雨时的苍凉无奈、面临撤退选择时的义无反顾……让我们深切感受到一线扶贫人丰富的情感世界。他们和我们一样，都是生活中的普通人，选择走向这片土地，就意味着奉献、付出和牺牲。这选择，源自一种使命和初心、源自一种责任和担当、源自对这片土地的深情和挚爱，是对习近平总书记"脚下沾有多少泥土，心中就沉淀多少真情"这句话最好的诠释。

它生动地再现了一位"书生书记"的文人式扶贫路。作者家庭条件不宽裕，单位经济拮据，个人社会资源有限，村里外界援手不够，但作者凭借一支笔，"无中生有"，有生万物，用一篇篇民情日记，一腔热血情怀，为自己"圈粉"无数，赢得了各方关注和支持，有力推动了脱贫攻坚工作。手记有文采、无虚功、接地气、可实行，大多数篇目都是应时而起，因事而为：动员群众、组织群众；结构调整、产业发展；产品销售、品牌打造；教育扶贫、产业扶贫、健康扶贫；基层党组织的建设，留守儿童之家的设立，马蹄战"疫"的组织……看似书生意气的事，扎扎实实地去做，一切就有了可能。正应了一句话："梦想还是要有的，说不定就实现了哩？"

它是中国式脱贫攻坚的一个缩影。中国的脱贫攻坚是人类历史上最伟大的反贫困事业，波澜壮阔，辉煌壮丽，成就举世瞩目，最根本的就在于我们走的是一条中国共产党领导下的富有中国特色的扶贫道路。从《扶贫手记》里，我们可以清楚地看到，脱贫攻坚是党心所向、民心所依，它是中国共产党的坚强意志和集体行动，也是全体中国人民的强烈期盼和坚强决心，也正是专业扶贫、行业扶贫、社会扶贫、内生扶贫的协同作用，共同成就了上河口这类贫困乡村的脱贫事业，这是中国式扶贫最大的特点和优势所在。

它从一个侧面展现了湖南扶贫人的精神风貌。作者是一介"书生"，扶贫工作中因公负伤，导致左膝半月板三度损伤，工作中遇到的各种困难难以想象，但他挂杖而行，矢志不渝，初心支撑信念，情怀凝聚力量，关注留守儿童，情系孤寡残疾，发展生态农业，推动内生脱贫和长期脱贫共同发展，让一度全省闻名的上访村、软弱涣散村、血吸虫重疫村、经济发展滞后村，发生了大变化。就此而言，作者无疑是湖南1.8万个驻村帮扶工作队、5.6万名扶贫人中的最美逆行者之一。在他身上，我们再次看到了"吃得苦、霸得蛮、扎硬寨、打硬仗"的湖湘精神的影子，这是我们脱贫攻坚之后阔步迈向乡村振兴伟大征程足以凭借的精神硬核所在。

是为序。

蔡仁寅
2020 年 6 月
（作者系湖南省扶贫开发办公室党组成员、副主任）

序二

/ PREFACE

　　习近平总书记在2020年3月6日的决战决胜脱贫攻坚座谈会上指出，"到2020年现行标准下的农村贫困人口全部脱贫，是党中央向全国人民作出的郑重承诺，必须如期实现，没有任何退路和弹性。"今年是脱贫攻坚收官之年，已经进入交总账、交硬账的关键时期，我们必将实现决胜全面小康社会、决战脱贫攻坚的目标任务。从常德而言，始终在谋战局、硬举措、实帮扶、强作风上下功夫，沅澧大地到处是扶贫干部忙忙碌碌的身影，全市上下倾力谱写了一首高质量打赢脱贫攻坚战的奋进之歌。

　　姚高峰同志就是一名坚守在常德市扶贫一线的帮扶干部。他是鼎城区十美堂镇上河口村第一支部书记、驻村工作队队长，被评为2019年度常德最美扶贫干部。2017年6月底，他进驻了这个村，当时这个村是软弱涣散村。经近三年的精心帮扶，这个村现在发生了明显变化，政策落实更加精准，产业发展有了路子，群众内生动力也起来了，村民的认可度、满意度和获得感不断提高。从进村开始，他就用民情日记的方式记录自己的工作和心路历程，定期在一家微信自媒体平台发布，持续两年多时间，形成了系列扶贫手记。

现在的这本《扶贫手记》，就是姚高峰同志克服难以想象的家庭困难、克服自己身体的种种病痛、克服工作当中的大量困难和挑战，在上河口村驻村帮扶的日日夜夜中，记录的所做所见所思，表现出来的是履责尽职、艰苦奋斗、合力攻坚、携手共奔小康的担当，既有鲜活事例，更有宝贵经验。从这本手记可以看出，他一头扎进上河口村，一双拐杖走进一方村民，一篇日记收获一帮"粉丝"，一套"辩证法"凝聚一个团队，一副热肠感召一批年轻人，一个点子带动一个农业产业……这本手记不仅仅记录了姚高峰自己，还记录了各级干部、社会各界人士、村内群众在脱贫攻坚历程中的作为和表现，成为常德乃至全国决战决胜脱贫攻坚的一个生动缩影。

脱贫攻坚即将圆满收官，乡村振兴之路更加长远。这本《扶贫手记》的出版，正处于"两个一百年"的历史交汇期，对于如何巩固脱贫成效、使脱贫攻坚与乡村振兴有效衔接，以及今后如何推进乡村振兴、如期实现农业农村现代化，都具有一定的借鉴作用和参考价值。

常德市扶贫开发办公室

2020 年 6 月

自序
/ PREFACE

我深爱着这片土地

2017年6月，受组织安排，我任湖南省常德市鼎城区十美堂镇软弱涣散贫困村上河口村软弱涣散组织第一支部书记（当时该村同时派驻有扶贫工作队第一支部书记），中心任务是抓党建，时间半年。

坦白地讲，对这个差事，我纠结甚至抗拒了很长一段时间。我知道，没人喜欢空头政治家。一旦到了村里，如果你单单就党建抓党建，好比沙滩建房，空劳心智；你还得走进去，办点实事，有的放矢，最好是党建与扶贫结合，扶贫、扶智与扶志结合，打一套组合拳。我这人一根筋，以我的家境、身体以及个性，都不适宜承担这项工作。更难堪的是，单位很困难，几乎帮不上忙，而我个人又没有什么行政资源和社会资源可资利用，这还真是一件考验人的事。

但最终，我还是选择走向这片土地，因为我的根仍然与这片土地相连。

我的老家在湘西北武陵山区，父母年近八旬，仍在不停操劳，同祖兄弟姐妹10多人仅我一人跳出农门。因土里刨食实在艰难，他们常年在外务工，抛家别子，遍体鳞伤；父母有个头疼脑热、三长两短，竟无三尺应门之童；有些孩子成长过程中亲情缺位，叛逆孤僻，造成许多难以言说的伤痛。有一年春节，我的亲侄女的妈妈没有回家，五一节她妈妈回来了，因相聚的时间实在太短，为了留住妈妈，她在妈妈要走的头天晚上，用冷水淋湿了头，然后再把背贴在墙上，生生整出了一场重感冒；而我妹妹的小儿子，现在只有7岁，断奶之后，就由年近七旬、体弱多病的婆婆照看，没有谁比他们更迫切期盼脱贫攻坚和乡村振兴，他们希望有一批好的村干部，带领村民走向更美更好的未来：当他们在外面奔波不动了的时候，还能回到这片亲昵的土地。

我不能回到故土改变我的家乡，但上河口这片土地又何尝不是我的另一个家乡？

眼看半年任职即将到期，我力尽所能地做了一些事，但我觉得与我的理想预期相距甚远：干部群众思想有待进一步解放，精神有待进一步提振，力量有待进一步凝聚；10多公里村组道路没有硬化；水利设施不健全，不少地方下雨就淹，有的沟港近20年没有清淤；水稻种植、水产养殖等产业低端粗放，抗市场风险能力不强；集体经济尚未真正起步；因病致贫群体较大，健康扶贫需要做得更细更实；留守儿童教育，没有找到可行的解决方案；人情风依然盛行……我主动向区里分管扶贫工作的领导和驻村办汇报，申请留下来。

留下来无疑是和自己过不去。当时我的左腿膝关节半月板因公导致三度损伤，腿肿得不能行走，必须做手术，而我一旦撤退，便会前功尽弃，覆水难收。现实逼迫我在保守治疗的同时，千方百计去组织资源，争取各方支持。而我所拥有的只有一腔热血和一支笔，我想：就把自己扶贫的心路历程和工作历程写出来，告诉别人我的目标与梦想、彷徨与无助、挣扎与奋斗，让别人认识你、了解你、理解你、支持你。

从此，除了迎检，我的日常节奏基本都是一样，白天走访、工作，晚上学习、记笔记，周末和节假日延续从进入上河口就开始的写民情日记的习惯。2017年8月，我通过"鼎级传媒"编审张志芳发过一篇《我的葡萄不愁卖》，于是我便游说她开一个专栏，后来还真就辟了一个"我的民情日记"专栏，不过，是要面向全区，系统展示鼎城脱贫攻坚面貌的，首发的是我的《上河口的早晨》。因"鼎级传媒"无法对我的民情日记做出常态性安排，我有点郁闷。好在此时白狼文化多次相邀，希望为我开一个"民情日记"专栏，此后，我的民情日记系列便统一发布在白狼文化上。

这些日记，为我俘获了一帮"铁粉"。他们或亲自参与，或牵线搭桥，为上河口引进了各种社会资源。他们总计"化缘"、引进各类资金200多万元，用于上河口沟港清淤、基础设施建设、产业结构调整、民生改善和助困助学。区委、区政府和各级各部门也加大了对上河口的支持力度。无论是基础设施、产业发展，还是人居环境、精神风貌，上河口和全国所有的乡村一样，正经历着改革开放40余年来最直观也最深刻的变化。

在近三年脱贫攻坚历程中，有许多暖心的人、暖心的事让我动容。农民诗友杜福喜给我送来一箱鸡蛋，我给他钱，他说："你要给钱，那我们的交情就从此断了。"我的拐杖手握横档特别容易坏，管饭的老支书谭长春给我换上了木的，从此一劳永逸。一位村民专程跑到常德，送来一只野养甲鱼……这一切成为我在上河口坚持下来的力量源泉。

2019年5月底，在挂拐一年零两个月以后，我终于下定决心做了左腿膝关节半月板切除手术。卧床期间，为了让我安心休养，村里各类事务基本没有任何搅扰，但我自己仍然挂心许多具体事务，劳心之巨，不减平日。此刻，我早已重返前线。我知道，我们要走的路还很长。因为这片土地的老龄化、空心化短期内难有根本性的改变；许多留守儿童的童年，依然无处安放；留守老人的晚年，依然孤独；打工仔的牵挂，仍然是一根拽得心疼的线；农村青年返乡创业的路，依然艰难；农田水利设施，欠账仍然很大；人居环境，仍然不容乐观；生态农业，尚未深入人心……乡村振兴，任重道远。但我们依然会走下去，我坚信它会有一个很好的未来。

手记编纂过程中，大学同学向艺居间协调，并多次电话鼓励；学生张树忠、杜小珍为书籍的编辑出版做了大量工作；区政府办张鹏提供了领导到访部分照片和上河口生态种养实景图；朋友李佑喜专程为上河口拍摄了全景照片；常德市第一中医医院主任医师杜安民就健康扶贫部分提供了专业咨询；特别是湖南省扶贫办副主任黎仁寅百忙之中为本书作序，常德市和鼎城区扶贫办也给予了大力支持，特此鸣谢！

2020 年 6 月

Contents / 目 录

第一章

走进上河口

上河口村，位于湖南省常德市鼎城区十美堂镇东南端，民主阳城垸西侧，濒临澧水古洪道，总面积6.24平方公里，现有11个村民小组，3033人，党员112人；耕地6400余亩（1亩≈666.67平方米，下同），其中水稻等农作物面积5000多亩，水产养殖近千亩。亿万斯年，澧水的滋养，使这片土地特别肥沃，花开四季，稻香鱼肥，是名副其实的鱼米之乡。

但由于上河口产业结构单一，低端粗放，以常规水稻种植和常规鱼养殖为主，常常是物富而民不富。加以地处西洞庭湖澧水尾闾，地势低洼，是十美堂的"锅底"。下雨时节，万水归宗，极易受淹，严重影响农业生产。各种因素交织，导致该村经济社会发展缓慢，一度集血吸虫重疫村、软弱涣散村、经济发展滞后村于一身。2014年，该村纳入鼎城区40个贫困村序列；2018年年底，整村脱贫。

脱贫攻坚战打响以来，上河口先后硬化了近6公里村组道路，建起了留守儿童之家，新成立合作社5家，注册了"千亩洲""天湖垸""故香米"等多个商标，生态种养面积达800多亩。与此同时，引进大湖股份作为产业扶贫对口单位，经济社会发生了较大变化。

上河口交通便捷、土地平整、灌溉便利，特别适宜于现代化农业生产的开展，也是规模化水产养殖的天然场所。目前，该村正全力探索稻鳖、稻蛙、稻虾等生态种养模式，努力满足人们对美好生活的追求。

上河口所邻澧水外滩，河面壮阔，鹭飞鱼翔，风景壮美，来此观水赏鸟，游目骋怀，亦是人生一大乐事！

上河口，一片美丽而又充满希望的土地！上河口人民欢迎您前来游憩作客、投资兴业、共谋发展！

苍老的乡村 ☀

| 2017 年 7 月 10 日 | 星期一 | 晴 |

　　早晨起床比较早，洗漱完毕，出屋门时，大约5点50分，正是太阳将出未出的时刻。房东的房屋坐西朝东，正对着太阳升起的方向。正前方目力所及两三百米远的地方就是澧水洪道防洪大堤，太阳就从这里爬上来。

　　今天是我踏上上河口这片土地的第六天，因为先有区委组织部的基层党建检查，后有区政协的普高教育调研座谈，接着又有脱贫攻坚督查，说实话，我还没有真正地触摸过这片土地。

　　距吃早饭还早，我决定先到附

作者房东"亲妈"家院后春色

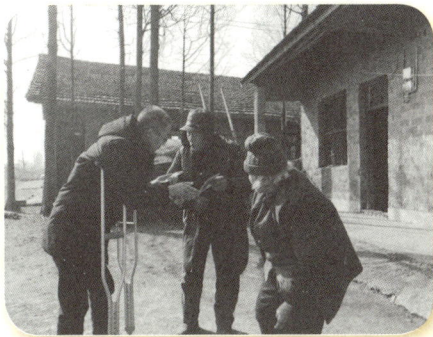

作者拄拐走访多病老人

近的农家走一走。

　　房东家门前是一条南北走向的简易公路。我沿着左手北向前行。与房东家的房子不一样，这一线的房子，都是侧着身子，坐北朝南，且大多是简陋的平房。紧挨着的第一幢平房，大门洞开，屋里设施老旧，一幅残破景象。几年前，该屋女主人因为屋前沟渠清淤，被挖机击倒的电杆砸中，突遭横祸去世。家中仅有一女已经出嫁，男主人只身外出打工。家里没有了女人的收捡，衰朽自是必然。

走到第二幢房子旁边，一位接近60岁的男子正在屋檐下廊前缓慢地踱步。看到我，他一脸灿烂的笑容。我打招呼："您贵姓？"他笑着不说一句话，扭头就往屋里走。我很纳闷，跟着走进去。这是一间卧房，

夕阳里相伴相随的上河口老人

一位80多岁的老人靠床坐着，左手扶着床沿，两眼朝我望着。我跟他问话，他也不应声。我不禁心里嘀咕：这就奇了怪了！

我从卧房的侧门走进地面凹凸不平的厨房，也是空无一人。再走出厨房侧门，来到后院，终于看到了一个中年妇女带着一个小女孩，在洗被子。

通过交谈，知道老人是她的父亲，那位年轻一点的是她的哥哥。哥哥智力有缺陷，基本不会说话。老人叫朱选清，已经84岁了，糖尿病已到晚期，眼睛已经失明，耳朵也差不多失聪了。老人有两个女儿，一个嫁到上坝，一个嫁到同福。两姐妹两家按月轮流照顾老人和哥哥。姐姐住得近一点，只有五六里（1里＝500米，下同）路，一天可来做两次饭；妹妹远一点，相距有十几里路，一天只能早晨来一次，把两餐的饭都准备好。

我问为什么不把老人接到自己家里去住或者送养老院？她说

上河口的新生命，一位外公抱着外孙和他的女儿在一起

养老院要求生活能够自理，他们不符合要求，再说送养老院，心里过意不去。把老人和哥哥接在家里，也不现实。他们曾经尝试过，把父子俩接到自己家里住，结果哥哥跑了出去，家里人花了几天时间才找到。而在这老屋里，哥哥从来不往外跑。

紧挨着朱选清的家，是胡冬初的平房。胡冬初今年80岁，生养了5个孩子，其中4个都夭折了，快40岁的时候，终于养了一个女儿。因为担心无人养老，又过继了一个男孩。现在女儿已经出嫁，在常德陪孩子读书；养子在常德开摩的，孙子"奔三"的人了，还未成家。加上养子女儿都正处于为子女忙世界的时候，教育、就业、住房、婚姻等问题，就够他们操心的了。而上河口眼下弱质的农业产业，根本无法承载他们的全部梦想。对父母的孝心，得让位于对下一代的希望，所以，即使心存一份孝心，也没这份时间和能力。两老有个头疼脑热，连一个三尺应门之童都没有，一切都还得靠自己。养儿防老变成了一声叹息！

我的父母，比朱选清、胡冬初稍稍小几岁，但也快80岁了。父亲的步子越来越慢，慢成了一个蹒跚的小孩，母亲的背越来越弯，弯成了一张弓，但他们仍然在田间劳作；而我早已过了知天命之年，但一年之中，很少有时间能够回家和父母多坐坐，多说说话。因为工作忙，也因为缺钱，一忙，所谓的公休假都往往难以兑现；而最为愧疚的是，参加工作30多年，来到常德这座城市也已20多年，差不多奋斗了一辈子，却仍然住着小居室，连把父母接来一住都是一种奢望。唯愿父母健康长寿，待我换了大房子，再弥补这遗憾。我想这也是多少天下儿女的心愿，祝愿天下父母安好。

出了胡冬初的家，再往前走，遇到一位头发花白的老母亲，她主动邀请我到她家坐坐。哪知一进屋就观看了一场不幸的"展览"。她让我看看屋内的裂缝、变形的外墙和朽损的竹子做的檩条；她哭诉对自己患精神病的小儿子的担忧，一旦自己不在了，这小儿子有一天非砸死在家里不可，并把手指向跟在我们旁边的一个神情有点木呆的中年男子。她的中心意思很明白，就是希望有人能帮她家进行危房改造。

这时，房东打电话过来催我回家吃饭。我逃也似的走出这位老母亲的家，心情很沉重。

回到房东家，问起那位老母亲的情况，得知她有4个儿子，其中有一个还在国家机关单位工作，只是离家很远，一年到头才能回来看一次。老母亲有几万块钱，但就是舍不得花，总担心小儿子的病，怕钱不够用；而身边的儿子认为她手头有钱，所以也不愿多搭理她。

很爱看凤凰网的《在人间》，这个栏目真实记录了芸芸众生的愿景与奋斗、希望与失望、幸福与哀伤。我们正处在一个科技提供空前便利的时代，流水线的生产、格式化的生活对人的束缚较土地对我们的祖辈和父辈的束缚更牢固；我们处于一个物质财富极大丰富的时代，然而财富焦虑症、技能恐慌症却比以往任何时候更强烈。这种压力苍老了我们的心，苍老了我们的情，也苍老了我们的乡村。

> 注：1. 百姓迫切希望将房东家门前的简易公路硬化，为此，我与村组干部一起搞了一次"化缘"，加上扶贫资金，硬化工作就完成了。
>
> 2. 文中那位老母亲，村里单列为其小儿子进行了危房改造，修了两间小平房，老母亲说，她心安了。

上河口的早晨 ☀

2017 年 11 月 7 日	星期二	晴

因为同"鸭司令"赵怡华有个约定，一早要给他拍一个鸭阵出行的照片，此外还有一系列的安排，晚上睡得不踏实，早晨5点15分就醒了。尽管天远还没亮，但我决定起床。

洗漱、健康护理完毕，已是6点。推着自行车出门，仍是黑茫茫一片。好在出门就是水泥路，微微有点白光，不至于摔跤。我决定沿河堤大道，经19号线，与赵怡华会合。

出门不到100米，道路两旁就是新收割的田野。空气中弥漫着浓烈的稻香，它唤起了久违的记忆，我已有多久没同土地这么亲近过了？

6点10分，骑行至上河口11组，模模糊糊看见一老一小站在公路

上河口秋色

在等校车的上河口祖孙俩

边。凭直觉，应该是小学生在等候校车上学，一打听果真是，老的是奶奶，小的是孙子，孙子叫徐飞鸿。我用手机给他们拍了两张照片，暗暗的背景，模糊的身形，效果很不理想。我问，小朋友什么时候起床？奶奶说，大概5点30分。这与我们小时候上学起床的时间差不多，因为我们得步行七八里山路，不过好像也不觉得苦。但我知道，现在的孩子比我们那时的压力大得多，不管是城市还是乡下。尽管这时城里的孩子，多半还在梦乡。

谈话间，远处射来两束灯光，是校车，瞬间即到眼前。

骑车继续前行，沿途上车的学生，大概有四五个。这时，已有农人在路上，摊开谷堆，准备晒稻了。这几天天气好，得赶紧把油菜栽下去，再去外面务工。凡事赶早，三个早工一天工哩。

6点30分，抵达原介福13组①境内，"嘎嘎嘎……"，不见鸭群，先闻鸭声，就知道"鸭司令"来了。一会儿，声势浩大的鸭阵已到眼前，

① 上河口村，由原上河口、介福两个村合并而成，为了叙述方便，还是用老地名。

它们发出"哗""哗""哗"的划水声，节奏甚是分明，好像是知道有人在检阅似的。用手机抢拍了几张照片，因为天色尚暗，我与主角赵怡华又隔着一条沟港，所以图像并不十分清晰，但这正是我所要的逼真。

挥别赵怡华，前行不远，路边一幢民房前灯火通明，一群中老年人正在扎菌包。经询问，他们从昨天晚上11点，一直干到现在。一个菌包两毛钱，忙一个晚上可以挣到80～100元。这场面让我大出意外，此前我刚刚走村串户进行的产业结构摸底，并没有录到这个情况。屋主叫陈业云，在甘露寺市场做平菇生意，自产自销。问他生意情况怎样，他说，比种田要好一点，但很难说。有时行情一不好，批发两毛钱一斤（1斤＝500克，下同），那就亏大了。我家住在甘露寺批发大市场附近，常常能够买到便宜又新鲜的蔬菜，有时，平菇块把钱①一斤都能买到。我们所享受的便宜的喜悦，常常是建立在这

赵怡华的"鸭兵"出行了

————————

① 方言，指一块多钱。

些父老乡亲的辛劳之上。

从陈业云家往前走几百米，就到了新村部建设工地。已有人在施工。问进展情况，除地坪外，大概再有十来天就可以全部完工。从选址到施工，再到监工，其间的纷繁复杂，各种博弈，足足可以写一本书，现在总算尘埃落定。

在村部前刚刚拆除的水塔边，遇到了入党积极分子孙小红的父亲孙桂宝。说起自己的儿子，孙桂宝既骄傲自豪，又满怀歉疚。骄傲的是，孙小红在苹果手机生产厂打工十几年，挣了钱之后自己修了一幢小洋房，没有给几个兄弟添麻烦，有孝心；歉疚的是，孙小红成绩好，只要复读就能考上一个好大学，但家里弟兄多，不得不放下大学梦，早早地出去打工挣钱。孙小红眼光高，现在已经38岁了，还没有成家。如今回到家乡，想尝试在农村干点事，希望村里能够好好培养。现在农村党员普遍年龄偏大，有这样一些在外面见过世面的年轻人申请加入党组织，当然是件好事。振兴乡村，需要的就是这些人。但到底怎么样，还得看他在回家乡后的付出和努力。

看完村部建设，得往回走，去原介福最东端的12组，这个村唯一的种菜大户章建华，就在这个组。他太忙了，每天凌晨两点才到家，常常是吃了早饭，又接着出门去了。与他通过几次电话，就是未曾谋面，他说他想办一个蔬菜专业合作社，我们约定早晨8点左右见面。

在去章建华家的路上，忽然冒出一群小猪仔，萌萌的，挺可爱，禁不住停下自行车，用手机为它们留了几张影。屋主见了，满脸喜悦。原来是此前见过面的，叫孙公平。问他一窝下了多少猪仔，他说："14个。""这么多？"我很是惊讶。孙公平说："这猪肚子还争气，一般都是12个以上。"言谈之中，好像是谈到自己老婆很会生孩子一样。"养猪仔一年能赚多少钱？"我问。"几千块钱，行情好的时候万把块吧。主要是老婆会侍候，吃得起亏①。"在这里，夸老婆能干的男主

---

① 方言，指吃苦耐劳。

人，还不多见。在农村，家庭主妇养猪的确实不多了。就是自己养猪自己吃也少了，因为太过烦琐，也因为在农村大多都是"386199部队"①，没有能力养，这也是我们很少再能够尝到小时候那个猪肉味的原因。

7点43分，到达章建华的家，他还没起床。他老婆大声呼叫，章建华很快就下了楼。他个子不高，精瘦精瘦，60岁左右，鼻子两边生了火籽，这是没有休息好的标志。他约我上楼去谈。一本创业经，一条艰辛路。早先，他在甘露寺市场做蔬菜生意，赚了点钱。之后回家养猪，结果亏了十几万，只好借了几万块钱，重操旧业。不过，这一次他想得更远。经过仔细调研，他决定从种藕入手，再向其他蔬菜发展。他的两个儿子在长沙，一个做一级批发（面向全国），一个做二级批发兼零售。一头连着生产，一头连着销售，他既组织生产，又负责运输，几乎每天往返长沙，风雨无阻。因为决策正确，很快就走上了正轨。第一年租田60亩，第二年120亩，第三年200多亩。他的蔬菜基地，主要在外地，每年请工人开出的工资都要40多万元。他说，种菜的收入实在是不高，但他爱上河口、爱介福，想把基地搬回来，在村里成立一个合作社。他可以租农户的田，再请农户做工，一年在家门口拿个三四万工资是没问题的；也可以让农户入社种菜，他负责订单销售；还可以采取其他形式。他说："现在不论干什么，规模化、合作化是趋势，市场不是某一个人的，抱团取暖，合作共赢，何乐而不为呢？"

谈话间，他的电话响了，是基地打来的，他吃过早餐后就得往那里赶。我说，我会把相应的资料发给他的儿子，让他们做相应的准备。

我们作别。看看手机，8点18分，一个吉祥的数字。我的心里涌起一股暖流，禁不住对着东方的太阳，说了句：上河口，你早！上河口，你好！

---

① 随着中国城市化的快速发展，农村男性青壮年劳动力进城打工的数量剧增，广大农村留守的妇女、儿童、老人作为一个特殊群体备受关注，被戏称为"386199部队"。

劳动风波 ☀

| 2017 年 11 月 25 日 | 星期六 | 晴 |

房东的妈妈84岁了，一脸慈祥，我到她家去的第二天早晨，她给我煮了三个鸡蛋，弄得我手足无措。我称她为"亲妈"[①]。

亲妈家人口简单，40多岁的小儿子在村委会工作，因为小儿媳常年在外打工，聚少离多，已经与小儿子离异；孙子外出打工。

亲妈有6个儿女，已经有了重孙重外孙。子女一多，轮流养老反而有点不方便。小儿子觉得转来转去不是个事儿，决定留在家里照顾妈妈。他有一门很好的厨师手艺，在外打工，最不济一年可以赚个七八万块钱，但终究抵不住一份沉甸甸的孝心。

小儿子村里的事情多，忙起来了一天到晚看不到背影子；个人私事没解决，屋里又没个帮手；加上性情爽快，人情客会不断，还有生产上的事，所以家里的事情肯定摆不开。

亲妈祖籍宁乡，生于华容，长于洞庭湖西侧上河口外滩澧水洪道莲子湖畔。11岁时，常德会战爆发。日军116师团水运舟渡，经华容、南县、安乡一路南下西进，直击常德，所到之地，烧杀抢掠，茅椽不存。亲妈父亲担心家中财产被日军抢走，不肯避易，被日军枪击小腹，血尽而死。亲妈家有五姊妹，均未成年，父亲一死，栋梁顿失，家中无可依托，亲妈不得已到曾家做看门媳妇。

亲妈12岁到曾家，先后生了9个孩子，养育成人6个。从18岁生第

[①] 尊称，主要用于对比自己年长、与父母年龄相近、关系比较亲近的女性。

亲妈

一个孩子，到快60岁时收最后一门儿媳妇，勤俭操劳，几无喘息之时。亲妈几次给我讲，小儿子的媳妇是她在村小学打工三年，挣了钱才娶回来的。

特殊的人生经历，造就了亲妈勤劳节俭的品格。亲妈的这种品格，恰好对家里的现实情况起到了弥补的作用。儿子忙不过来时，晒豆收豆、晒稻收稻、种菜摘菜、炒菜做饭、抹桌扫地，她样样都干。房子铺了地面砖，外面进屋的人，脚上带一点泥，地面就很难看，而小儿子又特别爱"南京"①，她一天拖地都要许多次。她养了30多只鸡，今年添重外孙女的时候，一下子就送了两百多个鸡蛋，她挺自豪的。

亲妈的节俭，有时难免让人难堪。那天，小儿子买了一条鱼，装了一盆水清洗了一番，亲妈要用那水洗萝卜，儿子大声制止，亲妈说：

_____

① 方言，指干净。

"这水都是要钱的呀！"还有一次，村里停电，冰箱里的肉都臭了，恰好孙子回来了，她仍然用这肉来款待孙子。孙子尝了一口，丢在桌上，就再也没有吃一口菜。我肠胃不好，这一类的东西更沾不得，便趁机说："这些臭了的肉，吃了对身体有害的。"以后，她便再也没有弄过这样的菜。

眼看要种秋菜了，小儿子还在外面不着家地跑，连菜地都没有整，亲妈很着急，拿起一个钉耙就到屋后去挖地。毕竟年纪大了，肯定吃不消，不免向小儿子诉说两句。小儿子心疼，呵斥她几句，让她不要干。过后，这样的故事又会重演，小儿子脾气躁起来，语气越来越重。她私下委屈地告诉我："不种菜，哪里有菜吃呢？样样要买，都是要花钱的。国华还要找个伴，孙子还没结婚，都要钱哩！"

那天，区血防院和镇血防院到村里进行疫情检查，午饭就安排在亲妈家里，掌勺的当然是小儿子。

吃完午饭，小儿子在晒坪边正晕头晕脑地洗碗筷，亲妈不知什么时候又跑到地里挖地去了。这时我才想起，她没和我们一起吃午饭。虽然已经入秋一个多月，但中午的太阳还是有点儿毒的，稍稍剧烈运动浑身就冒汗，更何况是挖地。小儿子又心疼又生气，大声地劝阻她，她不听。"你不听，累倒了谁管你！"小儿子有点火了。我去抢钉耙，连说："我来我来"，她不让。小儿子怒火丛生，抢过钉耙，扔得远远的，又再去洗碗。亲妈还是不动。小儿子把一个小花碗砸在墙根，摔得粉碎。亲妈仍然不动。小儿子无招，出了恶语："你再这样，你就走！"

亲妈的泪流下来，她小跑着往屋里奔，赤着脚进了房，几分钟后急匆匆地冲出门来，手里提着一个包就要往外走。我拦住她："你要到哪里去？"她说："我出去讨米去，也不到这个家里待了。"我拉着她往回走，她不肯，弱弱的身子，居然力气还不小。僵持了好一会儿，她还是要往外冲。"哼！""啪！"一声重重的哼声之后，便是瓷碗的碎裂声。我大声说："国华，你不能这样！"但"哼""啪"声依旧。从亲妈的脸上，我看出，这每一声"哼""啪"都击打在她的心上。我轻声而又严肃地对亲妈说："你还不进去，东西会被他摔完的！"亲妈身子马上软了下来，我知道，这一句话击中了她心中最柔软的地方，但嘴里还是不服气："这么搭①东西还是什么好家伙啵。"

连推带哄，亲妈终于进了屋，但气还是有得呕。下午和晚上，她的两个女儿来了（都在近处），邻居也来了，絮絮叨叨说了很久的话。

注：劳动风波还是 9 月 25 日的事情，因为太忙，一直到 2017 年 11 月 25 日才正式记录下来。

---

① 方言，指摔。

上河口的性格 ☀

2017 年 11 月 29 日初稿		
2019 年 4 月 6—7 日修改	星期六、日	晴

很难用几个简单的词准确地概括上河口的性格。

上河口，八方杂处，吴音楚语，最能代表鼎城区人口的丰富多样性。

古代先民逐水草而居。浩渺的洞庭湖，汇集了湘、资、沅、澧四大生命水系，又将生命的种子撒播到湖岸各处。该村地处西洞庭湖澧水尾闾，民主阳城垸西侧，与安乡隔河洲相望，南部距离汉寿西湖不到4公里。

特殊的区位，注定了这里居民的纷繁复杂。房东的爷爷就是长沙人，他从靖港古镇驾着一叶小舟，漂到了上河口，见这里水草丰美，鹭飞鱼翔，便系舟登岸，在此扎根。尽管上河口人都长着南方人的面孔，看不出他或他的祖辈有着怎样的传奇，但只要他一开口，语言就显示出了他们与生俱来的胎记：常德人、安乡人、南县人、安化人、宁乡人……由此一一打回原形。当然，一个初来乍到的外乡人，听他们"你侬我侬"的交谈，就如同听爪哇国语一样，会弄得云里雾里。据说，这里的乡音语言，至少有10种以上。

杂处群居的特点，使这里的每一个人必须要有包容的心态、柔软的身段，同时也要有坚硬的骨骼、刚良的性格。我曾经同村干部一起处理过一起纠纷，矛盾双方的面部表情比翻书还快，上一刻是"平湖秋月"，下一刻便是"洪水滔天"；刚才还是"风和日丽"，瞬间就是"六月飞雪"。不知道他什么时候是风、是雨、是雷、是电、是刀、是剑，这种表演型性格，比电视剧还要精彩。

上河口紧邻澧水洪道，其间滩涂密布，洲屿纵横。新中国成立前，这里被分成众多小垸、湖泊，常受洪患侵害，人的一生，常常就在"建设—毁灭—重建"中轮回。这种环境，炼就了上河口人百折不挠、绵里藏针的精神品格。我结对帮扶的一个对象，是地主的后代，挺直的鼻梁别具神韵，年轻时应该是很帅的，但频繁的政治运动给他打上了难以磨灭的顺从的印记，低眉顺眼成为他标志性的表情风格。因为繁重的劳动，他双腿膝盖已经变形，骨骼奇大，只能弯腰低头走路。不过，顺从的表象下，是一颗隐忍而刚毅的心，他会利用政治性词汇、诚恳的殷勤乃至微醉的酒意，不断强化他所要表达的思想。

上河口人倔强而顽钻。他们死磕，认死理，一旦结下梁子，开始斗狠，便是九头牛也拉不回了。小家族、小团体、小恩惠、小谋术，变成了角力的手段和依靠，一些矛盾长期难以消化、处理。有一个时期，这里的原介福片区，受大气候和小环境交互作用，矛盾丛生，内斗不休，上访上书，上纲上线，村支"两委"①走马灯似的换个不停，生生把一个计划经济时期的红旗村弄成了一个民情猾狭、人人敬而远之的大江湖，乡里长期要派人在此坐镇。让我深深领教的是上河口新村部选址，先后三易其址，有些事简直跟野孩子一样顽劣。当然，在村部的后续建设中，这种倔强与顽钻，也显示了它的正能量。黑沙？坚决不能用！拨火棍一样的木材做檩条？休想！朽损的椽条？再换！如果不是这种坚持，我想上河口新村部的质量或许远达不到现在这样的标准（但说实话，它的质量仍未达到理想预期）。

上河口人豪侠而仗义。他们兜里可能没有钱或钱不多，但面子不能失，借钱都要去送情喝酒；村里组里修路，无论贫穷还是富有、女儿还是女婿、在不在家、发不发达，动员了，多少都要捐一点。今年（2017年）9月，原上河口3组修通组公路，一位在外开摩的的村民都捐了1000

---

① 指村党支部委员会和村民委员会。

元。在生死攸关的时候，上河口人更是表现出了他们特有的血性。2012年9月，上河口一村民家中失窃，他的几位邻居挺身而出，其中一位身患风湿性心脏病，左手残疾，被歹徒捅了一刀都毫无惧色。歹徒见状，转身逃跑。一位村民骑着摩托车就追，3名窃贼见追赶者只有一个人，便转身围攻这位村民。不想胆大的遇到了不怕死的。这位村民身中6刀，仍不放手，与赶来的邻居一起把歹徒生生擒住。这位村民入院后，医生说，脖颈左后侧的那一刀如果再偏一点，他的命就没了。

上河口人勤劳。这里出了一位省级劳模李春田，现在90岁了，自己还种点菜，自给自足。这里看不到一片闲田，所有的田埂都长满了庄稼，即使是在提留沉重、土地大量抛荒的时期，也是如此。

上河口人爱美

上河口人做事认真。村里15号线的水泥路虽然是十年前所修，但到现在都几乎看不到一点点裂缝，这是整个十美堂都难见的一条好路。

上河口人爱美。路边、水边、房前、屋后，花草烂漫。

上河口是十美堂的"锅底"，地势低洼，农业生产常受风灾、水患之害。村民老贾曾赋诗一首："一不是好，二不是懒，今年粮食大减产。大风一来吹落地，收割机收的叶皮皮。尿素碳铵几百斤，'稻杰''千金'①只香了神，麻将机子也分成。"今年（2017年）该村村

_____

① 均为农药名。

民吴双喜、王忠清、熊兴堂、陈办法四户在一季稻成熟期时因为风雨交加，有20多亩倒伏在水中，其中陈办法收割5亩稻田就花了3000元。

上河口这个"水袋子"，让多少上河口人伤透了心，但他们从来没有丧失对未来的信心，而是一直在努力寻找一条适合上河口发展的路子。就在2017年11月28日，一位组长找到我，畅谈他对未来的希望：全面推广生态种养，打出上河口的品牌；每一片稻田、每一条沟港，都鱼欢水跃……

尽管上河口的经济社会发展还远不尽如人意，但它目光坚毅而沉稳，脚步缓慢却有力。

我相信，以上河口的性格，它一定会有一个可以预期的未来，这个"水袋子"一定会变成"钱袋子""福窝子"。

鸭司令赵怡华的"无指禅"☼

| 2017 年 12 月 8 日 | 星期五 | 晴 |

再过半个月到20天的时间，"鸭司令"赵怡华的鸭子就要出售了，希望他能够卖个好价钱。

我同赵怡华的第一次相遇，是在一个阴雨霏霏的秋日。那天，我正骑着自行车走村串户，稻野荷池、沟港鱼塘满村子跑。忽然看见一支鸭队，那浩大的声势让人怦然心动，我连忙追着鸭子，用手机拍了几张照片，然后回过头来同"鸭司令"打招呼。他穿着雨衣，头敞着，已经淋湿，但仍是一脸阳光和笑意。我说："拍个照吧。"他伸出双手摆了个"pose"[①]，这时我才发现，他的双手只有右手有几根不成形的指头，简直就是两个光巴掌。我一愣，有点尴尬，但他很爽气地说："拍，没什么。"于是就这样留下了一张让很多人心碎而又暖心的照片。

由于天生残疾，自然给他的人生蒙上阴影，但他凭着勤奋和坚韧的品格学会了放鸭。会放鸭，也就有了生存的技能。凭着这门手艺，他娶到了一个漂亮的老婆，不久又生了一个漂亮的女儿。按说这样的人生也算圆满，但接着一场灾祸又降临到他的头上，一场手术事故，让他在相当长一段时间都沉浸在屈辱和愤恨中。

生活还得继续，他终于走了出来，再次走上养鸭之路。

养鸭，是一个烦琐而又艰辛的活计。赵怡华养的是谷鸭，每年7月进苗，8月鸭子下田，冬至以后出售。其间，近6个月的时间，不论阴晴

---

① 英语，指（为画像、拍照等摆的）姿势。

风雨还是酷暑严冬，都得出门，并且每天都得换地方，有时离家五六里路，天蒙蒙亮就出征，傍晚收兵回家。早晨8点多和中午12点多的时候，老婆会给他送两餐饭。

上河口沟港纵横，稻田遍野，是养谷鸭的好地方。但在这广阔的稻野上，几乎没有树，也基本没有建筑物，连个遮风挡雨的地方都难找。秋高气爽的时候，当然很不错，但这样的日子并不多。夏天得顶着烈日，忍受暑气的蒸腾；冬天，因为特别的原因，他很多时候只能裸露着两个巴掌，抗击北风的凛冽；有时突然来袭的暴风雨，更会把他淋得湿透。

这还不是最难堪的，有时，总会发生一些让他意想不到的事。那

"鸭司令"赵怡华

天我同他在一个沟港边神侃，他接了一个电话之后，眨眼间就不知去向了。我向前走了一段路，发现他在沟港的对面，正在用两个手巴掌小心翼翼地夹着一张地笼，不停地抖搂。原来是他那群鸭子好奇心太重，有十几只钻进了地笼里面。我跑过去，本想用手机捕捉镜头，遗憾的是最终只拍到了最后一只鸭逃出地笼的远景。然而，生活就是一个随时出演的舞台，它不给你导演的时间，不给你等待的空间，如果你想重演一遍，对鸭、对赵怡华，都是很残忍的一件事。

每年，赵怡华就用这双手练出的"无指禅"，养出1000多只颜值爆表、生命力爆棚的鸭，还种了30多亩的水稻，撑起了这个家。他的女儿刚刚大学毕业，正准备考研，是他们夫妇俩的骄傲。他说，女儿想读的这个研究生学校收费比较高，每年要五六万块钱。我真心祝福他，希望他的鸭子能够卖个好价钱，为他的女儿多挣一点学费。

赵怡华和他的"鸭兵"

梦里河洲 ☀/☁

——拐杖下的春天之一

2018 年 5 月 6 日	星期日	晴转阴雨

中国文学的源头，是一片水草丰茂的河洲。

河洲之内，有湖如镜，湖边布满形似睡莲的荇菜；河洲之外，一江似带，河岸桑柳依依。

人间四月，荇菜深深浅浅，果桑红红绿绿，处处莺莺燕燕。一群群斑鸠散散漫漫地筑完爱巢，便迫不及待地开始呼朋引伴，穿行桑林柳荫；它们高低起伏、此唱彼和的情歌一遍遍地撩动着少男少女的春思。

一幢小木屋背湖面江而立，屋中住着一位温婉柔媚、绰约多姿的少女，一颦一笑都足以让人心中小兔乱跳。对于深陷暗恋之中，又生怕冒失行事、亵渎一片深情而不敢表白的痴情公子而言，望着正在灵巧地捞着荇菜的心上人，那手背上的小窝窝都盛满了蒙娜丽莎般神秘醉人的微笑……

这一片河洲，书写了中国最为纯净美好的爱情故事，成就了中国最古老的文学经典《关雎》，明媚了中国文学史最早的天空，婉约着中国历代才子佳人的心。同时，也让那些身怀"修身齐家治国平天下"宏大抱负的国之栋梁，在治国理政之时少了些许凌厉与古板。

这一片河洲，在周南①、江南，也在塞北、秦川，在每一个中国人的心中。

---

① 《诗经》民歌《关雎》采集地，今陕西、河南、湖北之交。

每个人心中的河洲各有不同：山川沙洲、沙漠绿洲、水乡河洲……

而上河口及其东侧的澧水外洲，毫无疑问是一片极具水乡特色的梦里河洲。

上河口，位于鼎城区东北部十美堂镇东南端，总面积6.24平方公里，村境东部为河洲密布的澧水洪道。

去年7月，我第一次来到上河口，村干部带我满村转的时候，就曾带我来到牛望嘴电排。这名村干部指着烟波浩渺的河水，告诉我："这是澧水洪道，从这条河再过去不远，就是安乡。"望着横无际涯的水面，我问："这水面有多宽？""四五里宽吧。"他说，"其实，这水面底下大多是河洲，水涨为河，水落为洲。"当时，正值丰水季节，水中倔强地挺立着一片向南延伸很远的欧美杨，隐隐约约从树顶还可以看到另一条河汊逆势而上，大有对杨树围剿灭顶之势。

去年深秋，房东曾骑着摩托车沿周西公路带我去西湖看生态种养，顺道行至柳林嘴，那是汉寿、南县、鼎城三地交界处，看到的全是一望无涯的河洲。回程之时，大部分都是沿洪道河堤而行，一路河洲相伴。房东满肚子都是河洲的故事，说河洲上有野猪、孔雀，还有走失的驯鹿，让我不胜向往之至。

但在上河口近9个月的时间，我始终未曾近水一游，更不曾踏上河洲的土地。所以，去河洲一游，由此成了我心心念念的梦。

今年春节过后，我瘸着腿，走村串户，拼尽全力推动生态种养。眼看到了3月底，春天的匆匆脚步即将远去，而事情却没有任何进展，我很是焦虑。恰好这时一位村民邀我一同去澧水外洲踏青野炊，他曾经多次表示想实践我的理念，但始终没有一个切实可行的方案。我想，去吧，去的人多，一商量，说不定路子就通了。不想，还真就在这里定下了基本团队和发展思路。更重要的是，我第一次近距离感受到了河洲的魅力，为她惊艳不已。

去外洲，必经牛望嘴码头。码头边，一片片的紫云英开得正艳，与近处蓝色的河水，对面绿色的河岸和金色的油菜花交相辉映，我心中不禁涌起一种激动与宁静相交织的奇妙情感。

船来了，载着我们往对岸驶去，但并不靠岸，而是绕进一条河汊，再绕进一条河汊，又绕进一条河汊。我忙于为生机盎然的野草喝彩、为千姿百态的河洲留影、为船上的帅哥美女拍照，不经意间就到了目的地。

这片河洲上，长满了人工栽种的参天白杨，横成排，竖成行。树下清一色的是一种不知名的青青的野草，差不多两尺高。后来弄清楚，它叫苦草，牛特别爱吃。

很快，眼尖的人从这清一色的苦草中发现了宝贝——野芹菜。于是这支队伍，立马分成两拨，一拨寻野菜，一拨做野炊。因为腿脚不便，我尽量待在原地不动，看着"迷雾"等一群人挖坑打灶，择菜做饭；看着寻野芹菜的人，越走越远，转眼不知踪迹；看着扑入眼帘、更行更远还生的苦草，想念唐宋词韵；或坐或躺在树下，仰望着白杨树鹅黄色的新芽和树顶蔚蓝色的天空，拿起手机玩着光与影的游戏；再间或同我的"牛虻"兄弟邓兵（他说话尖刻，常使人受不了，但正如牛虻咬人，却使人清

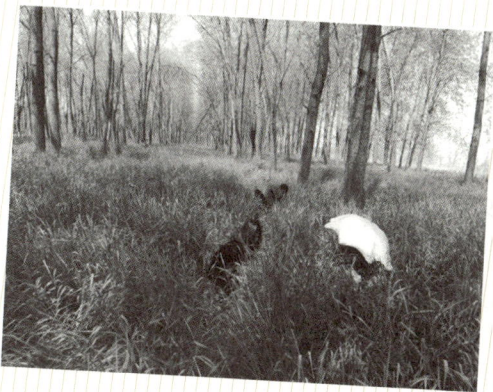

河洲之春

醒），聊这片河洲的过往与未来。

邓兵，只有小学文化，却特别能侃，还常常吟诗作对；本来块头高大，却因为一条腿胫骨受伤而行走艰难。他神情中自然流露出一种忧郁，但谈起这片河洲，便兴高采烈起来。

他说从前队里的牛就丢在这河洲上，日不管，夜不收，要用的时候，就把它牵回来。因为牛野放野养，长得非常壮实，犁田很省力。他说小时候在这河中扎猛子、挖芦鳝、摸螺蛳、"拾"龙虾，一"野"就是一天。他说这河洲上到处是芦笋，味道鲜美，可防癌症，而用芦苇叶包的粽子更有一种特别的清香，比粽叶包的味道还要好。至于与芦笋相伴的芦鳝，是"眼药"，也是很好的食疗佳品。他想象，只要我们的东西准备好了，明年就可以在这里办一个"野炊节"。

神侃中，不知不觉吃完了一只烤苞谷①，不知不觉饭也熟了。采野芹菜的人回来了，满满的一怀抱，其中有一位说是要送给长沙的丈母娘，孝心够好的，着实让人感动了一番。

吃饭的时候，会饮酒的一人饮了一杯啤酒，有的拿着瓶子直接吹②。当然，谁也没想着喝醉，他们知道，刚刚好，就是最好。我过敏，滴酒不沾。因为同村民约了有事，吃完饭就坐"专船"回了村。至于捡鸟蛋、挖芦笋、偶遇孔雀、驯鹿的事，只有留待下一次了。

回程之前，我和他们约定，走的时候，地上不留任何垃圾。他们说："一定的。我们知道怎样珍惜这片河洲。"

---

① 方言，指玉米。
② 方言，指喝酒不用杯子，直接对着酒瓶口喝，或指一口气喝完一瓶。

第二章

凝聚发展力量

见面会来了个"猫洗脸" ☀

| 2017 年 7 月 5 日 | 星期三 | 晴 |

今天是到点村报到的日子。受组织安排，我任十美堂镇上河口村第一支部书记，该村由原黄珠洲乡上河口村和介福村两村合并而成，是软弱涣散贫困村。组织上明确给我的身份是软弱涣散村第一支部书记，主要是抓党建；扶贫的事，镇里有专门的工作队。消息一出，有人担心地告诉我："你搞到了一个好差事，那①可是全省有名的上访村。"听了这话，我心里直打鼓。

9点30分，从小区门口与单位的同事一同出发。10点45分，我们抵达十美堂镇政府，与镇党委、政府负责人一一见面，简单聊了一下相关情况，并在镇里午餐。

下午1点，我们在镇党委、政府负责人陪同下抵达上河口村村部，同村支"两委"见面。因为部分村支"两委"成员外出有事，人员并没有到齐。

见面会简短热烈。在宾主双方作了简单的表态之后，镇党委书记陈谋昌给我戴了一大堆高帽："姚书记到你们上河口村，是你们的福气，他在很多部门工作过，人脉资源广，工作热情高，有他到你们村里，你们的招商引资、项目建设、产业发展都有希望了。"不容我答话，他与镇里的其他人就匆匆离开了。

"陈书记，你把我放在火上烤！"我跟着赶出会议室，苦笑着向陈

---

① 指原介福村。

书记抗议。因为他这一番话，就给我今后的工作定了位，不管我愿不愿意接受，村支"两委"和村里的老百姓毫无疑问会强化这种期待。我对自己有很清醒的认识，书生意气，不谙世故，搞钱搞项目，都是我的短处。他的话，真是哪壶不开提哪壶，使我倍感压力。

送走镇党委、政府负责人和学校同事，我和村支"两委"成员返回会议室。村党支部书记李德喜指着一位挺着"将军肚"的40多岁的男子说："先安排一下你的生活，为方便你的工作，你就住在村支'两委'成员曾国华家（他的家距村部不到100米）。"同时告诉我，"因为村支'两委'人员没到齐，没办法就村里的工作进行交流和安排。下午，就让曾国华陪你到村里各个地方转一圈，晚上我们再开个碰头会。"

我把简单的行李物品放到了曾国华家，便由他骑着摩托车带我到村

原介福村村部

里转了一圈。沿途所见，初荷已开，早稻才黄，一片生机。我们在几个最重要的点作了一些停留：一个是牛望嘴电排。这里是全村进出水口，电排外就是澧水古洪道，浩渺壮阔，动人心魄。一个是原介福村村部。这村部是我所

原上河口村村部

见过的最为破败的村部之一。虽然整体面积比较大，但真正有用的就是一幢30平方米左右的小屋。屋子里面分成三间小房，有一间里面还住着一个无处可归、有些残疾的特殊村民。这样的村部，想开一个党员会、村民会都做不到，软弱涣散村总有形式上的表现的。中午开会的原上河口村村部好一点，不过稍稍一看，就有点露怯。当时开会的时候，我想拍一张照片都感觉为难，因为总躲不过门口那块斑驳脱落的石灰墙。三是从介福村12组至原上河口村村部的那条3公里长的简易公路。这条路一通，整个上河口的交通都将大为改观，村里想硬化，就是没有钱。在9号线的一条岔路口，曾国华指着一条简易公路说："这是去德喜家的路。"到现在这年头，到村支部书记家的路都还没有硬化，还真的少见。

在经15号线回村部的时候，曾国华自豪地向我介绍，这条路已经修了10多年，但没有丝毫破损，是整个原黄珠洲乡最好的一条路。

在与曾国华交谈的过程中，我了解到村里人均田土是两亩多一点，主要产业就是水稻种植，效益不高。一亩田好的一年可以赚个千把块，差的就是五六百块钱。有部分农户也进行甲鱼等水产养殖，但是由于市场波动大，效益并不是特别好，有不少赔了本。

晚上7点，全体村支"两委"成员准时到达原上河口村村部。简单的寒暄后，支部书记李德喜介绍了村里的基本情况，就当前工作进行了全面梳理。特别强调当前最紧要的工作，一是新村部选址，本周必须定下来；二是村里的低保评议公示。他说："对于村里的低保评定，有不少老百姓有意见，说是家产30多万元的都还在吃低保，把它张贴出去，一公开，闲话就少了。"看得出，这是一个有能力的支部书记。

最后，李支书笑着对我说："我们村里没有任何集体经济，还欠了100多万元的债①。村支'两委'换届后，班子还是团结的，我们最缺的是钱，平时的工作，我们尽量不打扰你，你一年只给我们搞5万块钱就行了。"

我知道陈书记的溢美之词，让他不切实际地看高了我的能耐。我笑着说："我们单位庙小了，开支都搞不过来，还要找人'化缘'呢。""那我们要你来搞么得②啊！"李支书语气生硬，脸上明显地不悦。我小心翼翼地说："尽管我的身份是软弱涣散村第一支部书记，不是扶贫工作队第一支部书记，钱的事，我已经记住了，我会尽力，但你这目标肯定高了，我完不成。"

接下来，我谈了一下自己对上河口的初步印象：一是上河口的人勤劳，四境无闲田。二是上河口的人爱美，路边、水边、房前、屋后，花草烂漫。三是上河口的人较真，村里修了一条整个十美堂都难见的好路，足见当时的村支"两委"有责任心，有担当。这是上河口的精神旗帜，这样的村肯定有未来。但同时我又特别强调，上河口要发展，一要有好的领头人，二要有"一班人"的团结，三要有一股精气神，要有自力更生、艰苦奋斗的精神。我愿意与大家一起努力。

---

① 大多是上缴农业税和提留时，村里找一些农户和老板借的债，还有部分是村集体建设欠债。

② 方言，指干什么。

尽管今天的见面，给了我一个"猫洗脸"①，让我感到"压力山大"，但我知道，做一个讲空话的空头政治家，肯定是不受待见的。我必须"赶鸭子上架"，党建和扶贫并重，扶贫和扶智、扶志结合，这样做我才是一个称职的第一支部书记。

---

① 方言，指让人难堪的动作或行为。

牌桌边"论兵"

| 2017 年 11 月 14 日 | 星期二 | 阴 |

上河口人爱打牌。那天我找一个组长了解情况，一打电话，他在牌桌上。我说："咱们见个面吧，我有事找你。"他是当事人，必须单独聊。他理直气壮地回复我："今天人邀齐哒，不方便，改天吧。"隔几天一大早，我到他家里再找他，结果"铁将军把门"，我给他打电话，他又在牌桌上。我走了四五里路，在一个十字路口的小商店找到了他，此时店里有几桌牌局。就在这个十字路口，有三处每天都有人打牌。我浑身冒着热汗，字斟句酌想请他单独说说话，结果他连牌桌都没有下。直到有一天晚上，我到他家里第三次找他，才把情况弄清楚：因为他和另一方都认为自己占理，不肯相让，关系弄得很紧张。他几次三番不礼貌，认为我会踩偏船①是一个原因，但爱打牌也是一个原因。在我看来，他们的矛盾很简单，但生活从来不是"1＋1＝2"。在广阔的乡村情景下，他们钻进了死胡同，此题至今无解。

今天中午，我找村支书李德喜有事，他在村里的一处打牌点。当时村支"两委"正在收新农合的保险费②，最好找人和收钱的地方，肯定在打牌点。

我到那里，有一桌牌局正摆着。一名村干部忍不住手痒，坐在了桌上，村支书李德喜和另一名村委会成员以及一些群众在一旁观战。

因为几天前村里刚刚开过产业结构调整动员会，有几个人认得我，

---

① 方言，指偏心。
② 指新型农村合作医疗。

于是就热情地打招呼："坐坐坐，我们还有些事想要同你商讨一下。"

我很高兴地说："好啊。"

"你知道哪里韭菜销得掉不？我现在有两百亩韭菜没人要。"一位帅哥率先"出题"。

"我没做过蔬菜生意，肯定没这方面的人脉资源和信息资源。"

"你让我们搞稻田种养，或种蔬菜，关键在销路，不是我们不勤快，而是种了养了卖不出。"

"你那天说种藕，我告诉你，去年我种藕，亏了20万。"另外一位肚皮微微有点发福的美男子说，语气有点冲。

"我没宣传要你们种藕，我那天是说章建华从种藕开始。我住在甘露寺旁边，藕的价格我很清楚，前面好过，但这两年很贱的。"我一时嘴拙，竟然不知如何说下去。其实那天上课，我说过很多诸如错峰销售、寻找市场狭缝的案例。

看着我有些尴尬，先前发言的那位帅哥替我解围："韭菜，我已经

上河口春色

找到销路了，基地在安乡，哪天我带你去看。他们种了没人要，我找到了销售渠道。"

发福男也接着解释："我的藕之所以亏那么多，主要是因为藕种买得贵，人工费用高，还有，我的田是第一年种藕，土地板结，藕的外形不好，扁塌塌的，送给人家都不要。"

我如释重负，但接着一位额头发际线很高的男士又抛出了一个问题："你让我们搞种养，我是养什么亏什么。养甲鱼，结果遇到市场低谷，血本无归；养大闸蟹，西洞庭的他们收80块钱一斤，我的他们出8块钱一斤。"

"大闸蟹，是因为你没找准销路，让贩子给坑了；养甲鱼，你亏了，是不是因为你的技术不过关？市场研究不够细？为什么许国华这么多年来从来没亏过？"对于这一点，我有充足的理由去质疑他。

"许国华的甲鱼不是他养的，是他老婆养的。他天天打牌，哪里管什么甲鱼？"高额头男士争辩说。

"那天我在他家里，他说养鱼的经验是一套一套的呢。"我不容置疑地为许国华辩护。

"许国华的甲鱼经是在鱼池边说的，你的养鱼经是在牌桌边说的。"一直没有说话的村支书李德喜突然来了一个"神回复"，引得大家哄堂大笑。

这时，坐在高额头男士对面的发福男幽幽地补了一句："他是一年60天在牌桌上，你是一年360天在牌桌上，当然他的鱼养得好一些。"又一个"神补刀"。

离开牌桌，我对这些朴实、率真、幽默而又智慧的村民的理解和爱意又加深了一层。他们不是不想调结构，不是没有闯过市场，而是经过太多的摔打和磨砺，心有余悸，心存"预"悸。他们需要的是科学，是温暖，是谨慎的决策，是能够引导他们闯市场的平台和团队。

上河口，我们向前走 ☀

| 2018 年 2 月 16 日 | 星期五 | 晴 |

各位亲们：

2018年是农历狗年，按照中国的民俗，狗年是富贵年。狗年行好运，上河"旺"前行。

刚刚过去的这个冬天，一场十年一遇的冰雪让我们印象深刻。它让我们每一个人都变得谨小慎微、战战兢兢，但终于阳光普照、冰消雪融，我们可以甩开膀子往前走了。

我爱上河口这片土地，与所有上河口人一样。我看到了这片土地的隐忧与伤痛，也触摸到了它的温度与激情，更感受到了它的期盼与活力。上河口的每一点改变和发展，源自我们每一个上河口人永不懈怠的努力和前行。

2018年，上河口，我们继续大步向前走！

我们向前走，需要永葆不忘初心、砥砺前行的党性本色。过去的一年，我们村支"两委"协力同行，努力推动原上河口和原介福两村合村、合力又合心；我们坚持思想建党、制度建党，开辟党建微课堂，党员干部凝聚力、号召力、战斗力大大增强；我们不讳疾忌医，直面脱贫攻坚过程中的失误，努力纠正了"人情保、懒人保、哭娃保、党员保、平衡保"问题；我们不避艰难，确保了新村部的按期完工……新的一年，我郑重承诺：不拿上河口一丝一缕，也绝不会以公帑私授一毫一厘；我和村支"两委"将充分调动党员干部积极性，充分发挥党员先锋模范作用；我们将全力推进党务公开、村务公开、财务公开，全面接受群众监督；我们决心用党性赢得民心，用党风纯洁民风。

我们向前走，需要保持审时度势、未雨绸缪的理性思维。上河口人勤劳、坚韧、乐观、向上，但这里的经济社会发展相对滞后，仅就住房建筑整体漂亮程度而言，还不如石门等地的一些山区农村。低端、粗放的种养殖产业是这里高贫困发生率的根源。看看村里那些随处可见的废弃温室甲鱼养殖大棚，特别让人扎心。这些大棚，是当年老百姓热血澎湃、撸起袖子加油干的见证，也是乡亲们不可触摸的痛。因为几年前的"甲鱼风波"，不少人因此"一夜回到解放前"，有的人到现在都还在外面拼命打工还债。2017年的甲鱼行情特别好，有人感到非常振奋，但理性的人还是敏锐地觉察到了狂欢之中有隐忧。时代变了，消费观念变了，人们对美好生活的需求更高了，如果盲目跟风，沿袭粗放养殖模式，难保不再次被市场碰得头破血流。

我们向前走，需要激发与时俱进、敢闯敢试的热血情怀。上河口农业的出路在于发展生态循环农业，开展生态种养。江浙一带和湖北等省的稻田生态种养，发展得已经比较成熟，并取得了良好的经济效益；临近的安乡等地也在进行这方面的有益探索，十美堂镇也有人在进行零星的实验，而我们还没有起步。走在前面，就会抢得市场先机；落后，就会挨打，而我们已经慢人一步，必须奋起直追。上河口人是有创造精神的，我们已经创造了纪录：十美堂第一大冷养甲鱼王（许国华）、鼎城第一张青蛙生态养殖许可证获得者（曹少奇），我相信上河口人还会创造更多个第一，比如生态循环农业第一张名片，比如第一个有机水产品牌……

我们向前走，需要弘扬挖山不止、锲而不舍的愚公精神。任何一项开创性的事业，都不可能一帆风顺，一蹴而就。发展生态循环种养，我们面临资金、技术、信息、市场等诸多瓶颈因素，可能会遇到无法想象的困难。但我们相信，没有比脚更长的路，没有比人更高的山，只要我们保持科学的理念、愚公的执着、协作的精神，我们终将获得成功。中国"青蛙繁育第一人"王正飞就是沅江一个只有初中学历的农民，他前后花费了7年的时间，脱掉了几身皮，终于攻克了青蛙繁育难关。真正的专家，一定是天天"搬砖"的人。袁隆平首先是一个天天同土地打交道的农民，然后才是一位专家。王正飞也是。上河口需要新型农民，他不一定非得要有大学的文凭，非得要有教授的头衔，但他一定有眼光、有定力、有自信，还有不到长城非好汉的精神气魄。

我们向前走，需要营造相扶相持、共同成就的创业氛围。发展生态循环种养，难免大意失荆州，马失前蹄。我们建种养群，就是想建立一个相互学习、相互交流、相互激励的正能量加油站。但有时候，群中弥漫着一种不友好的气氛，怀疑、抱怨、讽刺、辱骂，甚至人身攻击，这不是正常的成事之道。红军长征途中，经过了许多血与火的洗礼，但让人最难忘的是过雪山草地时的相携相扶相持。没有这种相携相扶相持，红军就迈不过雪山草地，也不可能有中国革命的成功。英雄不问出处，有志不在年高。对于上河口那些敢于"吃螃蟹"的人，我们希望多一些祝福，少一些流言；多一些包容，少一些尖刻；多一些善意的提醒，少一些冷嘲热讽；多一些温暖的鼓励，少一些批评指责。结伴而行，就是缘分，这缘分值得每一个人珍惜。

上河口的未来靠年轻人。这年轻与年龄无关，有的人年纪不大，心却已老；有的人，烈士暮年，壮心不已，万里归来，仍是少年。但我们希望上河口在外务工的有志青年，共同参与到改变上河口的征程中来，因为你们有着无可比拟的年龄、信息、知识、技术优势。希望你们成为改变上河口的宣传队、播种机、生力军，成为上河口未来波澜壮阔发展的一部分。

最后，借此文一角，上河口村支"两委"向全体村民致以最诚挚的祝福。

祝所有上河口人旺狗临门，财旺福旺运气旺，家兴人兴事业兴！

上河口招贤帖 ☀/☁

| 2018 年 3 月 11 日 | 星期日 | 晴间阴 |

我们始终相信
上河口终将在正确的时候，遇见正确的人

参加工作35年，记忆中的春节几乎都是在忙碌中度过，但从来没有像刚刚过去的这个春节这样紧张而煎熬。

农历腊月二十八，村支"两委"召开上河口返乡青年创新创业座谈会，50余人参会，规模远超预期。我使尽浑身解数，鼓动返乡青年扎根上河口，并有针对性地留下电话，私加微信。我希望有那么一群人能留下来或投资或创业，外加一个带有一点文艺范的青年来做电商，以上这些哪怕实现一个愿望都够。但落花有意、流水无情，我没能留住一个青年，看到的都是远去的背影。

对许多年轻的打工仔来说，尽管他们出身农村，但鲜有务农经历。务农，意味着涉险一个完全陌生的行业，而生态种养和循环农业，或投资较大，或周期较长，年轻人即便想干，又有多少资本去熬、去耗呢？又有谁拥有一份悟透人情事理的智者才有的静待花开的从容与淡泊？谁愿意拿一份相对丰盈稳定的打工收益，去博一个无法预期的乡村未来？我接触了一个上河口的青年，他很想在乡村扎根，但到了结婚的年龄，却始终连个对象都没有。春节期间，家中不停地逼他去相亲，走马灯似的换了一个又一个。令他尴尬的是，不一样的人都有一样的问题：有车吗？城里有房吗？有多少存款？在现实的世界里，早已难有"面包会有

的，一切都会有的"这样的美好情怀，"执子之手，与子偕老"也只是书上的童话。

对于那些半大不小的务工者来说，去留取舍，同样艰难。上有老下有小，人情客费加上子女上学，一年至少要2万~3万元。假如家人有个七病八灾，开支更大，手里拿个十来万块钱，都不敢进行这样的冒险。几亩土地根本无法承载生活之重。土里刨生千万难，离家别子是必然。

对于那些相对成功的务工者来说，他们有更高的目标和梦想，如果没有一股浓得化不开的"三农"①情结，他们与故乡的距离会越来越远……

招商引资，是我与村支"两委"这一段日子的重头戏。我接触和游说的对象就有十几号人，但要么理念不合，要么情趣不投，要么心有余悸，都是无疾而终。我也曾经内定过三个重点目标，他们有的是资本，但无论我怎样口吐莲花、穷追不舍，他们始终稳如泰山、不为所动。我只好自己调侃自己："千万里，千万里，我追寻着你，可是你，可是你，却并不在意。"

但我始终相信，我们上河口终将在正确的时候，遇见正确的人。

上河口，一方充满希望的田野

自然条件优越。上河口地处西洞庭湖澧水尾闾，亿万斯年，澧水洪道的滋养，使这片土地特别肥沃。花开四季，稻香鱼肥，是名副其实的鱼米之乡。

上河口土地平整，沟港纵横，灌溉便利，特别适宜于开展现代化农业生产。同时，也是规模化水产养殖的天然场所。

上河口物产丰富，品类繁多，大量出产谷鸭、蛋鸡、甲鱼、鳝鱼、小龙虾、青蛙以及各类常规鱼。此外，还有生态提子、马蹄莲等。

----

① 指农村、农业、农民。

上河口所邻澧水外滩，河面壮阔，鹭飞鱼翔，风景壮美，来此观水赏鸟，游目骋怀，亦是一大乐事。

交通便捷。上河口村交通便捷，在常德市一个半小时经济圈之内。沅澧快速干线4号线、7号线建成之后，车程将缩短到40至50分钟。

理念超前。我们致力于生态循环农业的发展，以此推动上河口整村脱贫、内生脱贫、长期脱贫，努力实现共生、共创、共富、共赢、共享发展目标，为乡村振兴探索一条新路。同时，通过大力发展稻鳖、稻虾、稻鳝、稻蛙等生态种养模式，为您的餐桌和饭碗提供安全、生态的有机农产品，满足人们对美好生活的追求。

技术基础良好。我们已经创造了许多在十美堂、在鼎城的第一的纪录，如十美堂第一大冷养甲鱼王（许国华）、鼎城第一张青蛙生态养殖许可证获得者（曹少奇）。此外，在鳝鱼繁育技术上也已取得一定的进步。

民心思变。"找路子，洗脑子，美村子，创牌子，摘掉穷帽子"，是上河口村支"两委"的坚定意志，也是全体村民的共同心愿。发展生态循环农业，已成为村支"两委"全体成员的共识，也得到了广大村民的认同与拥护。我们将以最大的诚意，在土地流转、政策优惠、技术支撑等方面，提供强有力的服务与支持。

我们期待

在这最好的时代，遇上正确的你

乡村振兴是实现中华民族伟大复兴的基石。"走中国特色社会主义乡村振兴道路，让农业成为有奔头的产业，让农民成为有吸引力的职业，让农村成为安居乐业的美丽家园"，乡村振兴已经上升为国家战略，成为一个国家和民族的意志。中国乡村由此迈入一个充满希望的新时代。

这是一个逐梦者的时代。假如你是一个心怀梦想的理想主义者，请你在感叹乡村的满目疮痍与满目苍凉的同时，放下身段，亲近这片土地，与我们同行。乡村振兴，不仅仅是一种梦想与情怀，更是一种责任与担当。

这是一个创新者的时代。假定你是一个才情横溢的创新者，生态循环农业将为你提供一个才情迸发的出口。"把饭碗牢牢地端在中国人自己的手里"，为国人餐桌上的安全尽一份力，你的创新、探索与奉献将因此变得崇高而伟大！

这是一个奋斗者的时代。假定你是一个激情四射的奋斗者，而你还没有找到奋斗的目标，请你加入我们，我们将为你提供一方广阔的舞台，你就是舞台中心的王者！

我们期待，在上河口，在这最好的时代，遇上正确的你。

村级工作的十个辩证法

——根据 2019 年 1 月 9 日民主生活会发言整理

2019 年 1 月 19—20 日定稿	星期六、日	阴、小雨

各位兄弟姐妹：

大家上午好！

早就想召集大家开一个会，因为迎检工作特别忙，一直到今天才开。

这段时间大家辛苦了。这次迎检，总的来说，我觉得我们村支"两委"是团结的、和谐的，是有凝聚力和战斗力的。但也正是这次迎检，特别是在开屋场会的过程中，暴露出了我们，包括我自己和村支"两委"的许多不足：我们的工作跟不上上级的要求、跟不上群众的要求、跟不上时代发展的要求，此前村里许多其他工作，我也有这样的感受。今天这个会，工作总结、民主生活会和党课几场麦子一场打，我先发言。这次我想换一下方式，讲一下村级工作的十个辩证法，这也是生活的辩证法、人生的辩证法，主要结合我们的脱贫攻坚和日常工作来谈问题、谈方法、谈改进，我的解剖可能有点痛苦，但我觉得这是上河口发展必须要上的一课。

一、课内与课外

李德喜支书，为人圆和、处事周详、有黏合力，也是一个很有思想的人。他曾同我多次谈起新化县油漆桥村的发展传奇，对该村支部书记彭育晚仰慕不已。我也仰慕彭书记，这是难得的缘分，也是我在上河口

十美堂镇上河口村综合服务中心

的工作能够比较顺利的一个重要原因。但有很多时候，我还是感觉到有些不合拍。比如说，对于调整产业结构这一类的事，德喜总是说："我的姚书记，我们的'课堂作业'都做不完哩，哪里还有时间做这些'课外作业'？"

我想还是就油漆桥和彭育晚来说吧。油漆桥我没去过，但那个村的信息我看过不少。油漆桥本来很穷，在彭育晚的带领下发生了很大变化。在创业之际，他们的村支"两委"晚上开会是常事，村组党员干部义务劳动也是常事。他们调结构，搞旅游开发，这都是"课外作业"，如果只做"课堂作业"，也就没有今天的油漆桥和彭育晚。

这里我特别想说的是：一个成绩优秀的学生，除非他是天才，否则他一定是自觉自愿、以"苦"为乐地做了很多课外作业的；一个人能走多远，能做多少事，常常是由他8小时之外所做的"作业"决定的。

二、屋里与屋外

村里贫困户×××危房定级，村干部去了几次都是定的C级。但户主说住不了了，我进屋一看，几堵墙都裂缝了，普通的维修肯定不顶事。为什么会出现这种情况？就是我们只看房屋的外面，没到里面去。

今年上半年，×××来村里诉说家里的困难，我问村支"两委"的成员，都说他家里条件好，可我到他家里一看，墙壁有一处裂缝可以放进一个拳头。一问详情，家里4个女儿，一个得癌症过世了；一个再嫁，家里连房子都没有；还有一个家里的两个孩子都三十出头了，还没结婚，操心都操不完；另外有一个小女儿，远在数千里之外务工，爱人虽然有工作，但买不起房，租了单位一套60平方米的房子，一家五口人，公公婆婆住一间房，夫妻俩和孩子挤在一间房……我同他的小女儿打过很长时间的电话，知道她对自己的父母还不错。这样的老人，我觉得物质上不会特别贫困，因为只要小女儿组织一下，咬咬牙维修一下父母的住房也是可以的，更多的是精神上的孤独。我跟她小女儿讲，平时要多给父母打电话。其实我们村干部，平时也要多走走，多看看，条件允许的话，年底还要慰问一下（德喜说，已经安排）。

屋里屋外不一样。走进老百姓的屋很重要，一进屋就知真相，一进屋就知冷暖。

前面我们在一个组里（在介福区块）开屋场会的时候，有群众反映，垃圾清扫人员根本就没有进到组里去收垃圾。这事村里还不知道，原因在哪里？我想跟前面说的屋里屋外是一个理。我们没走进去，我们就不知道实情。

在这方面我也做得不是很好，我也要做检讨。

三、低头与抬头

前不久，我们有一个村干部在为村民服务的时候，可能受到了一些误解，气得不得了。我让他去老百姓家里当面说清楚，他昂着头说："我不去！"我劝："最好去一下。"他答："我凭什么去？"我说："就凭我们是为老百姓服务的！"

我觉得，你不到老百姓那里去解释，老百姓心里的结还是解不开，气还是不会消。误会一扩散，对我们村干部的形象很不好，下次选举的时候，他还会投你的票？那时你再向他低头说话，可能就迟了。

四、埋头与出头

上河口村支"两委"在工作中都有一种争上游的思想，但在具体工作中，我们的排名仍不理想。比如说收医疗保险、养老保险等，虽然最终都完成了任务，但总是在进度上赶不上前。

为什么会这样？我们总是说老百姓不支持，喜欢拖拖拉拉，老是要拖到年底了才交，甚至说我们有回扣（在此我要给村干部正名，养老保险和医疗保险从来就没有回扣一事）。

但我总觉得这不是最根本的原因。在脱贫攻坚交叉检查的时候，有一个村的村干部给我讲，他一个晚上就把一个组所有的医疗保险都收起来了。我也多次听介福的老支书谭长春讲，我们老上河口村和老介福村工作"喊"得起来①，在修堤的时候、交公粮的时候，一直都是红旗村，那时候一个村交100万斤粮哩！现在为什么是这样？我想，这与一个时期村支"两委"的软弱涣散有关系，与老百姓的信任有关系，我们要重建与老百姓的鱼水关系，重拾信心，重拾信任；这还与我们的工作作风有关系，我们缺乏一种雷厉风行、埋头苦干、一抓到底的精神，如果我们多一点精气神，再加上埋头苦干、脚踏实地，总有一天我们会出头的。

五、求人与求己

到村里一年半多的时间，有一件令我感触很深的事，就是到外面跑钱。跑钱不容易啊！

---

① 方言，指令出必行，行必有果；或遇事立行立改，立见成效，且成效显著，位居前列。

当然，我不反对跑钱，村里要稳定，要发展，需要大量的投入。国家有政策、有项目的，我们一定要对接，这样我们的发展才能更快、更好、更全面。

但正如车子要有两个轮子才能前行，鸟儿要有一双翅膀才能飞翔一样，求人更要求己，上河口要实现快速发展、良性发展，必须要有较好的集体经济。发展集体经济有许多途径，但不论怎样发展，都离不开这两条：上河口村支"两委"的公心、良心。此外，最最重要的是要有一颗奉献的心，这奉献的要求有点高，但做不到这一点，发展集体经济就是纸上谈兵。现在，大湖股份在我们这里搞产业扶贫，我们要抓住机会，闯出一条路来。

六、律人与律己

这里主要讲打牌和喝酒的问题。去年（2017年）我到村里的时候，村支"两委"打牌、喝酒的现象时有发生，现在这种状况有很大程度的改变，但极个别的人偶尔还是禁不住诱惑。我在这里声明：我怕事。我特别提出要求：你在家里喝酒，我无权干涉，但工作集体餐不能饮酒；你闲暇时打打小牌，我不管你，但你赌博，一天输几千块钱，那就不行。因为你是村干部，你要带好头，要对法律、制度、党的规矩和老百姓的监督有所敬畏。你自己都管不了自己，还怎么管老百姓呢？

七、小家与大家

上河口村就是一个大家庭，村支"两委"就是大家庭的家长。要把这个大家庭治理好，就要把老百姓的事当做自己家里的事，甚至看得比家里的事更重要。

比如说，有一个村民的媳妇在我们村里买了医疗保险，问村干部在广东生了小孩是否能报销，这位村干部回答说，只怕报不了。后来我一问，其实在哪里买的医保就可以在哪里报。这个事情，假定发生在你自己家里，你肯定会问个水落石出，但因为是老百姓的事，你就用"只怕"两个字打发了，老百姓肯定有想法。

当然，这一类事很烦琐，可能要转很多弯、问很多人，但我们不能因为怕麻烦就不愿去问，只要有一追到底的精神，你就能够把它搞清楚。比如贫困户"一站式"报销的政策落实问题，我先后给黄珠洲卫生院、镇政府、区医保处、区人社局打了不下7个电话，终于搞明白了是怎么回事（客观地讲，一个老百姓去问，肯定更麻烦）。

再比如，村里搞道路硬化，有村民反映"乌龟背"[①]严重，我把这个情况告诉村支"两委"，居然有人不高兴。说这个村民是挑刺，谎报"军情"，我到现场一看，村民说的半点没假。当然，大家都很忙，吃了很多苦，头天晚上天寒地冻，还有几个村干部在施工地段抢修被压坏的水管，精神有点疲惫，可以理解。问题是我们对待老百姓反馈情况的态度不好。假定是我们自己家里修路，我们会不会是这种态度？

我在花岩溪工作过几年时间，我联系的那个村搞道路硬化的时候，村支部书记几乎是困[②]在路上的。村支"两委"、党员干部做义务工，路修到哪里，老百姓就义务送茶水、安排饭到哪里。冲着村干部的那份责任，冲着老百姓的那份情感，施工队想不修好路都不行。

八、权力和权利

我们手中的权力是为老百姓服务的，除了要尽可能地为老百姓争取利益外，还要全力保障老百姓应该享受的正当权益，不能想当然地决定某个村民不应该享受甚至是剥夺其某项权利。一句话，权力不能任性。

---

① 指硬化路面时，路基没有平整好，中间高、两边低，像乌龟背。这样去硬化路面，道路中间部分的水泥层就要薄很多，质量就很成问题。

② 方言，指睡。

九、自主和民主

村支"两委"特别是支部书记，在工作中有很多时候需要独当一面，要独立自主地作出决定和判断。但是对于村里的重大事务，比如贫困户和低保户的评定、道路硬化以及比较大的开支，不能独断专行，必须坚持民主决策，尽量坚持按照"四议两公开"①的程序走到位。程序正义是实质正义的前提和基础。有些事情，如果来不及走民主决策的程序，事后也要尽量通气，予以公开，以保证班子团结，同时也赢得老百姓的信任和尊重。

上河口村
村民议事大会

十、负累与清零

村级工作纷繁复杂，特别是老百姓的觉悟程度越来越高，对村干部的要求也越来越高。而网上常常又有不少真假难辨的信息，往往误导老百姓，增加了我们工作的难度。

---

① "四议"指村党组织提议、村支"两委"会议商议、党员大会审议、村民会议或者村民代表会议决议，"两公开"指决议公开、实施结果公开。

面对这种情况，我们要学会及时清零，包括工作清零和情绪清零。

工作清零的办法很简单，那就是定期（最好是一个星期一次，忙的时候一天一次）对所要做的工作列一个清单，分清难易轻重缓急，先易后难，先急后缓，先重后轻，逐项销号，千万不要拖沓。

情绪清零，最好的办法就是以大度为怀，听得进逆耳的忠言、吞得下苦口的良药、辨得清是非、容得下抱怨、放得下包袱。套用一句时髦的话，用加法爱人、减法怨恨、乘法感恩，这样你就会有良好的心态去迎接每一天。

> **注：**为避免误解，便于工作，除支部书记以外，文中所有当事人都隐去了姓名。

第三章

滚石上山不松劲

好在没放弃 ☀

——拐杖下的春天之二

| 2018 年 5 月 13 日 | 星期日 | 晴 |

坦白地说，去年6月，组织上安排我担任软弱涣散村上河口村第一支部书记，我明确地表示过自己的抗拒。因为身患多种疾病，我希望得到休养。还有，我书生意气，缺乏扶贫（尽管职务与扶贫无关，但我知道那是跑不掉的责任）所必需的各种社会资源；我所在的单位，又几乎不能提供任何经济支持。我怕辜负组织的重托和乡亲们的期盼。我曾絮

在仁德村医曹宁静（右）处艾灸

絮叨叨地向相关负责人诉说自己的困难和担忧，弄得对方连我的电话都不敢接了。

但今年春节过后，当区里的软弱涣散党组织工作队整体撤离的时候，我主动申请留在上河口，参与该村脱贫攻坚工作。当时，我的左腿膝关节半月板三度损伤，膝关节骨裂，绞索，卡顿，行走艰难。坚持下去很难说会留下什么后遗症，但我毫不犹豫地选择了留下。

这一切的坚持，只为当初的承诺。我曾对上河口的乡亲许下诺言：一定要让这片土地有所改变。而我所设想的移风易俗特别是产业扶贫等，都还没有真正付诸实践。

其实，这一申请简直就是自讨苦吃。单就产业扶贫这一项，眼下就有绕不开的3个坎，跨不过去，一切都是空谈。

首先是观念瓶颈。去年11月11日，我在村里召开产业结构调整动员会，对村组干部和种养殖大户第一次抛出稻田生态种养理念，也就在这个会上，我得了一个"书生"之名。此后，我与村民在上河口种养群里围绕生态种养展开激烈论战，"书生"成了我的标签和被攻击的靶子：

小规模农户会议，一种很有效的农村工作方式

"姚教授，你辛苦啦，我劝你辞职回家，过自己全家团圆幸福的日子，你霸着上河口村第一支部书记的位置，每天干着教小学生上课的事，简直是'高射炮打蚊子'，你觉得有意义吗？书生误国一点都没说错。"转录这段话，绝不是要显示自己的高明，也并不是要伤害任何人，而是说这个过程的艰难。其实，最后真正去实践的，恰恰是这些敢于"抬杠"的人。

其次是组织瓶颈。发展稻田生态种养，成本大，周期长（如稻鳖、稻鳝等），技术含量高，品牌依赖强，依靠单个农户单打独斗显然行不通，必须走抱团发展的路。实践证明，合作社是将农民组织起来的一条有效途径。但在上河口，它却千难万难。因为它有赖于两个先决条件：志同道合的团队加上一个优秀的领头人。特别是这个领头人必须有实力、有远见、有热情、有公德心、有号召力，还必须有时间、有精力。

甲鱼养殖是上河口最大的产业，有40多户，2017年产值过千万元。从去年9月起，我就希望把这些养殖户组织起来，但结果是"剃头挑子一头热"。好不容易捏拢来[①]，于今年1月16日开了一个成立大会，但直到现在所有的资料都还原封不动地堆在我的案头。因为这个合作社并非自觉自愿的组合，更重要的是，合作社的负责人尽管得到大家的公推和公认，但他实在没有精力承担这项工作。我知道即便我个人越俎代庖，完成了注册登记，但也仅仅就只是一个名字而已。

蛇无头不走，鸟无头不飞。甲鱼合作社的事就此搁置。

第三是资金瓶颈和招商引资难。农业是最不好玩的弱质产业，弄得不好就会血本无归，前车之鉴让不少投资者望而却步。春节前后，先后有几批人到上河口进行实地考察，但因各种原因，都是无疾而终。农民自己筹资也难。国家对农民农业贷款有很多优惠和支持政策，但需要担保，又有多少人和担保公司愿意为素不相识的农民去担保，去雪中送炭？最需要享受国家政策的雨露恩泽的一群人，却往往离它很远。当

---

① 方言，指勉强凑合在一起。

然这种制度设计，也是为保障信用不得已而为之，因为银行不是慈善机构。政府更要尊重市场规律，任何包打天下的行为，最终都会招致市场的惩罚。

越过雄关是坦途。我知道，越是艰难的时候，越需要坚持。我和村支"两委"商量，无论有多少困难，都必须坚定不移地走稻田生态种养之路，别人不做，我们自己做；组不成团，就先搞试验田；系列做不了，做单品；大的搞不了，搞小的。并决定对开展稻田养鳖的农户给予500元每亩扶持，对稻田养蛙、稻田养虾的农户给予200元每亩扶持。

作者（左）与村民一同谋划生产布局

2018年3月8日，上河口村支"两委"组织部分种养殖村民考察浏阳孔蒲中稻鳖养殖家庭农场

2018年3月8日，我们组织村支"两委"成员和部分种养殖大户，前往浏阳孔蒲中稻鳖养殖家庭农场实地考察，让村民现场感受稻田种养的模式和潜力。我和村支"两委"主要负责人还有针对性地召开村组干部群众会议，鼓励大家走生态种养之路。对于有实施意向的，我几乎是每天一个电话甚至几个电话，不停地打气鼓劲。

但在土地流转、资金筹集等困难面前，不少人打了退堂鼓。眼看到了3月底，一样东西都没有真正落实，只剩下一两颗微小的火星。村支"两委"的成员说，到了这个地步，一切都没有办法了，我们尽了力，不后悔。

但我实在不甘心在这个时候停下自己的脚步，只要有百分之一的希望，我就要做百分之百的努力。

苍天不负有心人。3月27日，我和村民在一场河洲野炊中终于定下了稻田生态种养的基本团队。

恰恰这时，我的左腿膝关节肿胀严重，血脉不畅，左脚变黑，晚上睡觉凉意袭人。清明节前，我去市中医院检查，说是必须尽快手

鼎城区副区长王直华（右）夜访上河口

术。我心里很是纠结，因为一旦这个时候稻田生态种养出现任何变故，而我躺在病床上，很可能就是覆水难收。我决定暂缓手术，由我的一个学生开了几服中药，实行保守治疗。

事实证明，我的预见是正确的，清明节那一天，稻田生态种养基地土地流转出现矛盾，工作陷于停顿。我冒着滂沱大雨，拄着拐杖乘车来到上河口，再次做工作，终于迎来峰回路转，柳暗花明。

后面的故事简单讲吧：生态种养合作社成立了，祖亮慈善基金来了，大湖股份来了，他们给我们带来了一场初夏的"及时雨"……

我们知道，后面要走的路还很长。技术、管理、市场，甚至还可能有许多意想不到的困难和挫折，但我们深信，只要我们坚定不移地走下去，就必将迎来阳光灿烂的明天。

注：“万事开‘头’难，‘头’开事不难。这头不是开头的头，而是人的思想。农村工作最难做的是老百姓的思想工作，思想工作通了，其他一切都好办了。”这是去年春节之前，鼎城区分管农业和脱贫攻坚工作的副区长王直华对我说的一句话，这也是我在上河口这么长的时间中，体会最深刻的一句话。

人生的风雨来时 🌧

2018 年 12 月 4 日凌晨 4：00—5：50 初稿		
2018 年 12 月 22 日修改	星期六	雨

　　昨夜，我在上河口，听着那洞庭湖平原呼啸的北风肆意窜行，冷雨敲窗砸地，辗转反侧，难以成眠。

　　老婆在常德，屋顶水流如注，床头屋漏无干处，漫漫长夜盼天明。一场冬夜的雨，将我们的家灌得湿透，寒彻骨髓。

　　尽管我想等贫困村省检过后再搬家，再说这段时间老婆的聘用单位搞改制整合，她主要做这一块的事，特别忙，家里的东西也还没有收拾完，但开发商不能等啊。

　　上周日，拆迁队就开始扒屋顶，老婆去了租住的房子做安排，我没办法上楼顶，只好大声呼叫，但任凭我怎样嘶喊，都无济于事。幸好，只是屋顶扒了，房子没有倒。

　　22 年前，我本来可以在桥南市场买一套便宜三分之一以上的房子，但最终还是选择了现在住的这个地方。因为屋后是一片农田，种有稻谷、荷花和蔬菜，后来变成了一片森林。我是山里长大的，"少无适俗韵，性本爱丘山"。

　　因为棚改，我们必须搬离；因为货币化补偿是唯一选项，我们失去了回迁的选择；因为驻村帮扶，我无暇同开发商较真；因为太忙，老婆选购的新房子，我至今都不知具体位置。从山清水秀的慈利到常德，我曾有很长一段时间不适应，但因为这片农田和森林的存在，熨平了我心中的疙瘩和褶皱。回迁，是我心心念念的梦想，但这开发商就是不同你商量。

新楼盘有森林吗？没有。有鸟语吗？没有。有闹市中难得的宁静吗？没有。有便利又快捷的交通吗？没有。有便宜又新鲜的蔬菜吗？没有……从老婆给我描述的情况来看，这一切都没有。但它有足够高的价格，每平方米7000元，补偿款还不够买一个壳，还得按揭补差价，搞装修。

昨晚8点多，老天突然下起大雨，老婆来电，问我一天的工作辛苦吗？我说还好。我问下雨呢，屋里漏水了没有？她说问题不大，就厨房里在滴滴咚咚。我说那就好。

因为第二天一大早要到区里办事，所以我睡得比较早。但终究不放心，晚上睡觉必定关手机的我没有关机。

快到凌晨的时候，我被老婆一连串的微信消息提示惊醒，一看原来是屋里遭了灾，电话马上拨过去，她不接；再拨，她不接；第三遍，还是不接。我急了，只好发微信，请她坚强一些。再拨电话，终于通了，听到老婆在哭，我安慰她，千万别哭，没什么大不了的，不过就是损失了几本书、一组沙发么？

老婆终于释然，反过来安慰我早点休息。放下手机前，我发了一句：没有什么过不去的坎，人生的风雨来时，我们一起扛。其实，真的风雨来时，我在哪里呢？

0点43分，给老婆发了一个微信，让她给我发几张漏水的照片，4点3分，老婆给我发了8张照片。我知道，她一宿未睡。

4日早上7点5分至下午2点10分，我和村支"两委"部分成员往返常德，为村里道路硬化等问题，先后找6个部门争取指标或"化缘"。在回程途中，中午12点左右，回家看了看，发现满屋狼藉，无从下脚。同行的村支"两委"成员让我立马搬家，我一狠心，走了，因为省检在即，要做的准备工作，特别是文字材料实在是太多。当时心里也存了一个念头：瘫子掉到井里，捞起来也是坐。再说头天一夜未眠，我实在没有勇气投入现场指挥搬家这样一个浩大的工程。

当天下午3点多，我用频谱桶自行理疗的时候，给老婆打了一个电话，她说，正在搬家。我大为惊讶，但她的声音忙碌、淡定而从容。我当即挂了电话，怕影响她的情绪和进程。

当天晚上，风雨再次来袭，较前日尤甚。听着噼里啪啦的风声、雨声，我真心敬佩老婆的勇气和决断，同时也满含愧疚：20多年前，我在桥南，日夜忙碌，买了新房，连搬家的时间都无法安排妥帖。最后也是老婆一咬牙，请办公室的几个同事，把家搬了。

12月13日，省检抽签，上河口不在其列，我舒了一口气，但我觉得很多事情还是没做好，还得继续做。我对村支"两委"说，我们不是为迎检而工作。一直坚持到14日下午4点多，乘最后一趟班车返回常德，回到新家，已是暮色苍茫。看着新家的陈设，很多以前的东西都没了。问老婆，她一直兜着圈子不肯说，直到最后，她说已经请车送回老家了，不过因为车子小，有些东西就丢在了旧屋里。我心里很有些失落，像丢了魂一样，但尽量不表露出来，免得老婆难受。

第二天一大早，老婆去甘露寺买菜，我对她说，吃饭之后我出去理发、换药。但早饭之后，我做的第一件事，就是乘出租车到以前的小区去看我们的旧居，希望做一个告别。老婆头天说，说不定已经倒房了。但我仍然心存侥幸，希望还没倒。

车进小区，即闻挖机轰鸣之声，有几栋房已经倒了，路上到处都是玻璃碎渣和倒房之后的垃圾。出租车师傅再也不肯前进，我只好下车，挎拐而行，挪到我们曾经住过的那栋房子。房子还在，但已有挖机摆开倒房的架势。上到五楼的房前，门锁已被撬，窗子已被砸碎，未搬走的液化气灶也没了。

主卧里，老婆的梳妆台还在，嫁妆组合家具中富实的装饰大立柜还在。还有那个陪伴我35年的红木箱，是父母给刚刚参加工作的我的贺礼，是当时他们将老屋后一直舍不得卖的一棵香樟树砍掉后专门为我做的，但现在，箱体和箱盖已经分成两半，散落在地上，箱体被我那牢实的书架压着。这书架，是为了对付那些长短不一的出版物用心设计制作的，陪伴我整整25年……假定搬家那天我在现场，我一定不会让它们留在这里，而现在，仓促之间，我又实在无法给它们找到一个安放之地……

在这房间，没有心潮起伏，却自有一种静水流深的情绪在我身上弥漫。无奈、失落、惋惜、哀伤、苍凉、隐怒，都有，但又都不是，一片混沌，平和浩渺，含天混地，将我包围、浸润、裹挟。人生54年，经历无数聚散离合，却从未感受如此深切的钝痛。这告别，实在有点仓皇。

在客厅，还剩几把完好的木椅、木凳，另有一张缺了一个角的边棱的北京桌，这些都是老婆的嫁妆，上好的实木做的，我把它们收集起来，请人送到小区外的一个餐饮店里。老板是乡下来的一个敦厚的农民兄弟，有一天我在寒风冷雨中打的，整整等了半个多小时，他给我递过一把雨伞，我一直觉得无以为报。那天小区拆迁的工人特别多，午饭就在他那儿吃的，桌椅还真立马就派上了用场，也算是物得其所。

注：时至今日，老婆仍然对我在这场风雨之中的承诺耿耿于怀，因为我实在是什么办法都没有，不过就是当时哄了她一下。

孤独的"醉酒玫瑰红" ☀

2019 年 6 月 7 日卧床手机初稿		
2019 年 6 月 9 日定稿	星期日	晴

很是惊艳"始作俑者"的才华，居然给稻田蘑菇取了"醉酒玫瑰红"这么富有诗意的名字，上河口的老百姓却对它有一个俗之又俗的称呼——草菇。

正是这惊艳和大俗，让我在上河口度过了一段落寞、孤独而又难以忘怀的日子。

初识"醉酒玫瑰红"，是去年3月在《常德日报》记者李萌的微信相册里：一片春草初萌的稻田里，点缀着星星点点的蘑菇，那自由生长的鲜活劲儿，很是让人心动。我当即给李萌打电话，询问这是哪里，是什么品种，效益如何。李萌告诉我在桃源，还给了一个电话号码，让我自己去刨根究底。

这个电话让我结识了一个满怀"三农"情结的偶像级人物——张献服。他本来做贸易，受一个农民科学家的感染，转而投身农业，组织了6人科学家团队，采用"公司＋农户"的形式，全面推广稻蛙同田、稻菇轮作模式。团队里有很多"牛人"①，几十年如一日打磨出了一个优质杂交稻品种"桃源春"，其品相、口感、香味俱佳，品质优于我所知道的其他杂交稻品种。推广面积近3年呈几何级数增长，2019年已经达到20万亩。

---

① 指厉害人物。

"醉酒玫瑰红" 大的有小脸盆大

我问这蘑菇叫什么名字，他告诉我："醉酒玫瑰红。""基质呢？"我再问。"稻草。"他说。"用量？""10亩稻草1亩蘑菇。""产量？""亩产4000斤。""品质和价格？""口感很好，价格也不错……""我们想试试，你能给我们提供菌种吗？""没问题！"

秸秆焚烧特别是稻草的处理是我和村支"两委"最为头疼的一件事，因为我们没有给出更好的出路和安排。用稻草做基质，既可解决秸秆焚烧造成的污染问题，又可变废为宝。我觉得这里面有文章可做，和村支"两委"商量决定下一盘大棋：沿周西公路种植10～20亩稻田蘑菇，再配100亩紫云英。我们的想法很曼妙：借十美堂油菜花节之机，把上河口作为分会场，赏云英花海、采稻田蘑菇。妻子和女儿头戴紫云英花冠，手里提着满篮的小伞一样的蘑菇，再摆一个"pose"，丈夫在一旁为他们留影；上河口人流如潮，一些农产品，也跟着都会销出去……这场景想想都美。

经村支"两委"商量，我们选择了原介福9组。组长很优秀，是一名老共产党员，勤恳务实，有一定的组织能力。组里的沟港清淤工作，村里没安排，他都是走在前面，带领组里的老百姓自己干。我们对他充满信心和期待。

我们找区农业局汇报我们的设想，得到了他们的鼎力支持，给了我们100亩的紫云英种子。但天公总是不遂人愿，种子撒下去，先是天干长不出来，接着是一个湿漉漉的冬天，加上沥水沟开挖不到位，排水不畅，紫云英生长很不理想，稀稀拉拉，萎靡不振。这花海根本就是一个奢望，只能开在我们的梦里了。

然而更让我失落的是，"醉酒玫瑰红"也没有绽放出我想象中的色彩，整个事情简直就是一篇跌宕起伏的小说。先是菇农跑了，接着又坏了菇种，后来又误了季节……仿佛冥冥中有一种不明不暗、不疾不徐的力量，不声不气、不依不饶地将我梦中盛大的春天，踩踏踩躏，任它花自飘零水自流。

进入10月，我便同张献服加强了联络。不过，他很忙，时间一拖再拖，到后来，我就几乎是一天一个电话地催。他说："你先把面积落实。"

我问组长，10亩有人种吗？组长说，没问题！但真正到定种的时候，他又说："10亩实在有难度，因为组里大多数都是一些年纪大了的人，再也吃不起那么大的亏了，再说面积大了，稻草难收，就搞4亩吧。"我问："人落实了没有？"我非常担心，菌种来了却没有人种。他说："我和一个贫困户一起种，他的兴趣大得很。"

组长没有忽悠我。当天晚上，那个贫困户亲自到村部找我，让他试种这蘑菇；第二天天不亮，他又到村部来找我，问我需要做一些什么准备。我说："菌种来了，我会给你一套技术资料，你只按要求种就是。"

11月1日，菌种终于到了，直接送到组长家里，我千叮万嘱，一定要尽快把它种下去。组长拍着胸脯保证，一定完成任务！

但第二天一大早，那位贫困户就给我打来电话，说他不想种了，让我另外找人。我一听有点来火："你这不是开玩笑吗？"他说走电麻烦。这"醉酒玫瑰红"既不能干，又不能泠①，干了要抽进水，泠了要抽出水。"你不能找农户就近接吗？""别人不肯。"我打电话给组长请他协调，组长说这两家关系很僵，很多年的矛盾了，鸡鸡鸭鸭②，那结一时半会儿解不了。

我辗转打听到给我管饭的老村支部书记谭老倌③与那位农户关系还很不错，邀他一起去给农户做工作。哪晓得我们碰了一个软钉子：椅子给你搬，茶给你倒，天同你聊，就是不同意给你接电。我夸他种的10多斤一个的大红薯，夸他家里养的那头300多斤的猪，夸他会持家会做人，但都没用。我说："电费我先给你垫几百块钱，多给点都可以的。行不？""我不要这个钱，你们找别人吧。"他笑着拒绝，语气平和而坚定。

我只好另寻他途，找管村电工和供电所，答复是另外走线，必须重新立户，至少5000多块钱，不论以什么名义。这么多钱，我实在有点不舍，村里缺的就是钱，我正忧着到哪里去找钱哩。

我们无功而返。

我找到组长说："你的田就在你屋前，要不就你俩一起种吧。"组长表态："好说好说！"

但隔了两天时间，组长就给我打来电话，说那位贫困户坚决不肯干

---

① 泠，指因土壤湿度过大，或降水太多，农作物长时间在水中浸泡。

② 鸡鸡鸭鸭，指一些鸡毛蒜皮的小事。

③ 老倌为方言，指老头。谭老倌即前文提到的谭长春。

了。因为他们往澧县送菌种的时候，听别人说，这稻田蘑菇不狠狠①，卖不出去，没人要。说是西湖有人前年种了上百亩，结果亏了上百万的钱。"你确定就是这个？"我问。"我带了一包菌种给他们看了，他们说就是这个东西。"他确定无疑地告诉我。"不狠也要种下去，先把东西种出来，销路的事你别管。"对于销路和价格，我想，面积不大，问题应该也不大。

然而第二天，他又给我报告一个不好的消息：这东西不能种，菌种坏了！我当即与村支书李德喜跑到他家里，一看，还真坏了不少。

我想，这事大了。我问张献服怎么办，他说没事，把好的种下去就行。坏的损失他来补。我对组长说，就把好的种下去。但那位贫困户说什么都不肯再上钩，而组长一个人根本种不了那么多。真是"叫花子捡个丫头没地儿放"，让我很闹心。但这蘑菇还是得种下去，否则后面的戏没法唱。我让村支"两委"成员发动各自联系的组，把好菌种分下去，得到的答复是都不想种，他们异口同声的理由是：一只菌种坏了，其他的都会跟着坏，种下去也是白种；种植程序太烦琐；草菇不好卖……好比考试时传了小抄一样。我想让一个村干部带头干，但最后也是不了了之。

这时整村脱贫迎省检在即，现场和资料准备必须在12月5日之前完成，各项工作晨昏颠倒，急急如律令。我确实没精力在这事上再纠缠下去，但我实在又不甘心。无路可退的我，一方面决定缩减规模，就种一亩地，同时与张献服联系，请他把剩余的菌种拖回去。另一方面给这个组长下死命令，让他把这一亩菌种种下去，但他不肯。我说："那你就尽量给我分出去，但你自己必须给我种出东西来，不管你种多少，因为这个事你答应了的。男子汉说话三十六牙，你不答应我不逼你，答应了就要说话算话。我们花了这么多的钱，淘了这么多的神，却种不出东西来，你说你和我脸往哪儿搁？！""既然你说到了这个份上，种我尽量

---

① 方言，指质量不佳。

分下去，如果别人不种，我来种，我一定给你争这口气，长这个脸。"
组长的表态让我很感动。

过了三四天，我给组长打电话，要到他的基地现场去看看。
他说种还没有播下去。我一听很生气："怎么这么长时间还没播下
去？！""这几天一直帮忙到外面送菌种（下货），太忙了。"组长解
释。"一天200块钱，到哪里去找啊，现钱不抓，不是行家耶。"组长
老婆在旁边插话。面对这样一对勤劳的年近七旬的老夫妇，我实在发不
出火，只好笑着说："你们种得好，我给奖！过两天要变天了，无论如
何要马上把它种下去。"

组长的菌种播下去已经是11月下旬，就种了一垄地，他说里面的坏
菌种实在太多了，丢了不少。另外有两个农户也种了。我按照他提供的
名单去找，结果当事人说没种。我很有些伤感和无奈，但经过前面那些
磨磋，我早已心如止水，再也生不起气来了。再说，毕竟还有希望，组
长不是种了吗？

按照张献服的说法，这稻田蘑菇在春节前就有采的了，但到春节
的时候，问那位组长，他说："疤疤印印儿①都没有哎！"言语中很是
失落。

大概到今年3月初的时候，我再问，组长有点不开心，因为那一垄
地仍然看不出任何有长蘑菇的迹象。

由此我对"醉酒玫瑰红"彻底死了心。当时心底那种苍凉真是无
以言喻的。我觉得我好像一个夜行者，带着一群人，依靠着北斗星的指
引，慢慢地往前走，但走着走着，风就起了，云就来了，天就暗了，北
斗星就隐了，人就没了；如同一个特别希望考出好成绩的小学生，偏
偏遇到了一个调皮捣蛋的坏小子，他往你的书包里放石子，隐藏你的文
具、课本甚至是书包，当你考试的时候，忽然发现钢笔不出水，情急之
中又打翻了墨水瓶，把考卷弄成了一个大花脸；又好比寓言中夜宿帐篷

---

① 方言，指零星的痕迹。

的沙漠行者，被命运的骆驼一寸一寸地拱出帐篷，独自承受寒冷、仓皇和寂寥……

但不久，天上忽然就掉下个"林妹妹"。我所有的挂心、焦虑和失落，都得到了补偿。

3月27日，在谭老倌家午餐的时候，突然吃到了一种从来没有尝过的蘑菇，脆嫩肥厚，略带一点绵劲，很适合牙口不大好的中老年人……"这是什么蘑菇啊？""这就是你搞的那个东西啊！×××[1]专门送来的。"

喜出望外的我当即给那组长打电话。但组长说这蘑菇不是他的，是夏忠良种的。"你去年没说他种啊。""我记错了。""你的呢？""我看它没长出东西来，气不过，早就把它毁了。"这回答既让我哭笑不得，又让我尴尬不已。

夏忠良，我认得的，人很精干，生产做得很不错，腿有点儿瘸，60多岁了，我们成立第一个生态种养合作社召开小组动员会，就是晚上在他家里开的；去年春节前，又在他家里开了一个屋场会。但给人留下深刻印象的偏偏不是这两个会。去年3月，村里召开产业结构调整动员会，我在台上作报告，会场秩序很好，就他一人却在下面不停地嘀嘀咕咕——因为他喝了点小酒。我提醒了几次，无效。最后只好说，你有话出去讲完了再进来行不行？不想这下捅了马蜂窝，弄得会场一度混乱……没想到，"醉酒玫瑰红"居然让这"小酒仙"给弄出来了。

第二天吃了早饭，我立即请了一个村民，把我送到了夏忠良家里。这蘑菇有一个习性，每天早晨出菇，过几个小时不采，它就疯长起来，品相和口感就都不一样了。

夏忠良的蘑菇长得非常好，和网上的资料图片以及我所了解的信息完全相符。田里有积水，我没法下田，让村民在田埂和田里摆了几个"pose"，拍了几张照片，有点不尽如人意，但也只能这样了。

---

[1] 为保护隐私，隐去了组长的名字。

老夏告诉我，他之前曾在长沙种过12年的菜和蘑菇，对蘑菇的习性非常熟悉，一般的蘑菇种植都难不倒他。这时候，我觉得这个曾经在会上和我公开开怼的老农很是可爱。

回程的时候，经过一片油菜地，菜花开得正旺，我给这两位农民朋友拍了一张照片，同时自己也留了一个影，我们都笑得很灿烂。我们的心里，都盛开着一个春天。

注：1. 无论是脱贫攻坚，还是乡村振兴，深入群众、动员群众、组织群众、依靠群众，始终是一个绕不开的永恒的话题。在这件事情上，我的孤独、无奈和无助，很大程度上还是在于深入、了解、动员、组织、依靠群众不够。就在今年4月，一位老农找到我说："为什么村里来了草菇种，我们都不知道呢？为什么就不给我一点试试呢？"

2. 今天写完这篇日记，我向那位组长进一步核实相关情况，却让我再次惊叹造化的神妙弄人：他告诉我，那一垄地让他吃了一个多月的好蘑菇。他说那些毁掉的基质，他就把它抛在了旁边的田埂上，因为雨水好，隔不几天就出菇了，源源不断地长，又大又肥，又脆又嫩。今年如果有种，他想多种点。

延安，延安 ☀

2019 年 12 月 26 — 28 日 断断续续初稿		
2020 年 2 月 4 日定稿	星期二	晴

除开生死，别无大事。

曾以为英雄主义已经远去，一场突如其来的新型冠状病毒感染肺炎疫情，把无数英雄推到我们的眼前。与正在战"疫"前线生死搏斗的白衣战士相比，我的努力、付出和长征，实在算不得什么，他们才是正在进行一场艰苦卓绝的伟大长征。

向英雄致敬！天佑中华！

——题记

先晒几张图片，这是我"走向延安"的大背景。

鼎城区委书记杨易（右二）检查指导上河口脱贫攻坚工作

区长朱金平（右二）听取上河口留守儿童之家情况汇报

区委副书记王时雨（右一）检查指导上河口脱贫攻坚工作

区政协主席韩才渊（左一）在上河口调研产业扶贫工作

常务副区长李卫民（右二）走访建档立卡贫困户

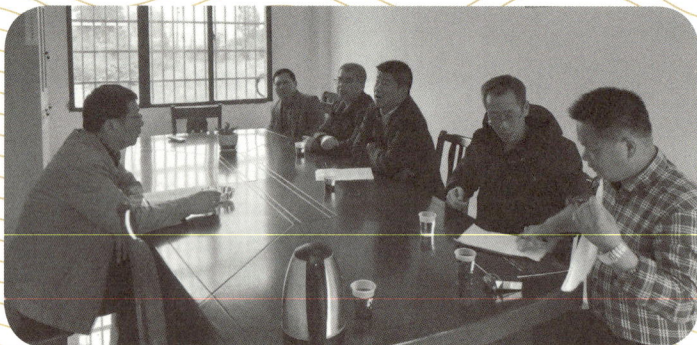

副区长熊辉（左一）检查上河口脱贫攻坚工作

区脱贫攻坚指挥部副指挥长唐少华（中间靠左坐者）带队模拟检查

"姚书记，省检马上就要到了，你和德喜要对照清单，抓紧整改……"那天周末从村里回城，刚进屋就接到镇党委书记罗军初的电话。这个电话有点长。

"姚高峰，你给我滚出去，滚回上河口！"身边突然响起老婆的怒吼。"我不讲哒，你要好好哄哄你的老婆……"这吼声，让电话的另一端有点懵，罗书记赶紧挂掉电话。

我匆匆而又小心地走下楼梯（因左腿膝关节半月板切除，重心不稳，走路打晃，没法放肆），把电话回过去，并做好相应安排，再进屋已是一个多小时以后。门没有反锁，我很感激老婆的"不杀之恩"。自从到上河口扶贫，我已经是连续三年没有同老婆一起过生日了（我们的生日实际上就是同一天）。这次一忙，连个电话都没打，用一位村干部的话："你真是欠揍！"

望着还在生闷气的老婆，我涎着脸皮各种讨好。"你莫讨好我，你不看看你自己瘦成么得样了！再这样，你连老命都会丢的。"

"延安快到了，陕北快到了。再说这些事我现在不做，我会心安吗？"

"我讲不你赢，你就自己照顾好自己吧。"

想想11月中旬自己同老婆的这场对话，回想我的2019，还真是一场艰难的长征呢。

维 C 里的艰难时光

去年（2018年）年底我给村里工作定了一个计划。抓住一个核心：贫困人口增收；发展一个产业：稻田生态种养；开展一些尝试：农产品加工以及品牌打造；美化一条线：9号经线花化美化绿化；成立一个基金建好一个家：留守儿童教育基金以及留守儿童之家。我把它称之为"五个一"工程（不过实际落实时，却打了大大的折扣）。

贫困人口增收是所有工作的出发点和落脚点。我们把重点放在三个方面：落实大湖股份金融贸易扶贫、对接扶贫办推动产业扶贫、拓展资源搞好慈善扶贫。

但真正耗费心力的，是产业发展。没有产业做支撑，所谓长期脱贫、内生脱贫，都是空中楼阁。

发展稻田种养生态循环农业，需要一帮志同道合、与时俱进、遵循科学的新型农民，更需要实力与韧性，还需要牺牲精神和共富梦想。腊月二十八，我们在村里组织召开了一个返乡青年座谈会，得到了几个青年的响应。

春节过后一上班，我就一头扎进合作社的筹建之中。根据产业发展的需要，我们决定组建鳝鱼生态繁育、稻虾生态种养、稻鳖生态循环农业综合体三个类型的专业合作社。机构组建、章程拟定、证照办理、商标设计和申请，千头万绪，无一不需要耗费大量精力，而土地流转，往往也是一波三折。在千亩洲合作社，返乡青年、村组干部三番五次上门做工作，完成了大部分的土地流转，但几个关键区块总是难以落实，因为每个村民都有自己的规划、安排、担忧或定见。章建华，是我公开发布的民情日记《上河口的早晨》的主角之一，他一心想搞个蔬菜种植专业合作社，因为各种变故，未能如愿，这次要流转，心里自是不舍。我给他打了几次电话，他都在往返长沙蔬菜批发市场的路上，最后我说："你哪天回村里，我随时来拜会你。"他说，星期天吧。星期天，我如约从常德市区赶往上河口。我们见面的时间不到10分钟，就敲定了所有的事情。他决定，为了一群人的梦想，放弃自己心心念念的梦想。也许，这次老章要的就是我的一个姿态，但假定没有一年多前的亲密接触，也许故事会是另外一种结局。而另一个村民，却是任谁也"哨"不动。我找到他，一听是土地流转，他撅起屁股就走人，让我产生了严重的挫败感，晚饭都没吃。但事情还得做，我请动他的老伙计—— 一位老村干出马，很快就搞定了。"事要好，找三老"，这话还真不错的。

在这个湿漉漉的冬天（2018年）和春天（2019年），因为很多事情旁人插不上手，唯一的办法就是熬。树苗的选择和栽种，稻种的筛选和购买，农业专家的对接和咨询，鳝鱼繁育基地可行性报告的撰写、试验资金的对接和落实（大湖股份支持），鳝鱼罐头配方优化与样品制作，无一不需要亲自参与。与此同时，我希望减轻几个合作社的压力，写了几个科研项目可行性报告呈报市、区两级科技局，但因为对接不力，科研项目可行性报告终成一纸空文。因为缺乏资金，鳝鱼罐头也是无疾而终。鳝鱼罐头是一个农民兄弟多年来孜孜以求的梦想，曾经有一个多星期，我用它做晚餐，感觉养生安神的效果还不错。很遗憾，我只能对他说一声抱歉，"我辜负了你的期望。"

那段时间的工作日程非常任性，每天的休息时间不到5个小时。4月10日，大雨如注，想起稻种的事不能再等了，午饭之后，我与合作社的几个成员下定决心，往返千余里，从张家界一个山窝窝里购回了三样老稻种，回到村里已是凌晨。为了保证良好的精神状态，我每天吃4个鸡蛋和24粒维生素C。到5月中旬，鳝鱼繁育基地资金已经到位，千亩洲与大湖股份的合作意向也已达成，其他各项工作也基本上步入正轨。而此时的我，脸色蜡黄，胆区时时作痛，口腔牙龈出血一日甚于一日，左腿膝关节一天天膨大变形，我感觉自己实在撑不下去了。到医院检查，医生说："手术不能再拖了，再拖，这腿会废掉，但手术之前先要修复好身体生态。"

夏天里的冬天和春天

躺在医院的病床上，心却在村里。熊立红的虾苗大量死亡，何志红、张腊新的鳝鱼繁育基地小苗孵化不正常，丁晓平的黄板甲鱼出现状况……几个合作社发生的每一个意外都让我揪心不已。而新组建的千亩洲，则让我最为牵挂，因为它的面积最大、投入最多。按照时令要求，甲鱼必须在5月中旬以前下田（池）。温室甲鱼下田特别容易感冒，0.2℃的温差都会让它大病一场。而今年恰恰遭遇多年未见的灾害性天气，淫雨绵绵，甲鱼老是下不下去，一直到7月5日才断断续续下完。5月26日和6月22日，两场大雨，让千亩洲水漫金山，一夜之间，死亡数百斤甲鱼，损失上万。看着负责人梁波发在群里的一张张鱼塘一样的照片，令人要多崩溃就有多崩溃，可以想象得出梁波的压力有多大。我给他打电话说，在这时候你不能垮，无论出现什么样的情况，我都和你们在一起，我会和你们共进退。再说现在不是有大湖股份和你们一起扛么？在千亩洲群里我特意转发了一段话："抗压力是决定一个人发展高度的重要指标，抗压力越强，获得成功的概率就越大。"

当这一切成为过去的时候，我很为自己的坚强感到自豪。但后来，何志红告诉我，他的岳母2月时就发现患了癌症，他的经济和精力捉襟见肘；而梁波的父亲在6月的时候因肠癌住院，很多时间他是常德和上河口两头奔忙……他们该承受了怎样的煎熬？我可敬的农民兄弟们，我向你们致敬！

风雨过后是彩虹。9月26日，常德市市长曹立军来到千亩洲稻鳖生态种养基地考察指导，对稻鳖模式给予了充分肯定，并希望在环境营造、品牌打造上进一步发力，努力实现组织起来、发展起来、共富起来的梦想。

"教育改变国运，科技创造未来，人才奠定邦本。上河口要实现长期脱贫、内生脱贫，人才是关键。我真诚地希望上河口人才辈出，每一个孩子都成为有梦想、有担当、有温度的人，每个孩子都有一个美好的前程。"这是12月26日我在鼎城区第二届"飞鸽达人"表彰大会上的发言。为了实现这个梦想，我和村支"两委"争取有关部门支持，建成了留守儿童之家，也正是在医院的病床上和在家休养期间，我们完成了留守儿童教育基金筹措的大部分任务。8月12日，留守儿童之家正式开放；8月20日，上河口举行首次"金秋助学"活动，8名大学新生和15名困难家庭学子受到奖励和资助。

常德市委书记周德睿（右一）在上河口调研农业产业发展情况

受伤的雄狮

进入8月下旬，脱贫攻坚迎市检、省检接踵而至，各类政策落实、各类报表、各类总结都来了，走访、培训、收入核算，一桩接一桩，"5+2""白加黑"是必然的，加上单位和上河口两头跑，不敢有丝毫懈怠，一个月车费一两千块钱毫不稀奇，过家门而不入也是稀松平常的事。到了常德，想给老婆打电话，却又实在不敢，我怕一打电话又让她闹心。

长时间高强度的工作对身体和意志都是一个考验。因为胆囊炎发作，鸡蛋是不能吃了；为求得一夜安眠，只好每晚都吃几颗含糖量高的无花果；到后来肠胃炎、反流性食管炎、前列腺炎一齐上身，我不敢多吃药，能食疗的就尽量食疗，如为减少前列腺炎给自身带来的痛苦，每天大量食用西红柿，多的时候达两斤以上。为了应对冬天的寒冷，脚穿三双厚棉袜，再加上厚厚的保暖鞋，让伤脚不至于太冷太难受。但晚上脱掉袜子洗脚的时候，袜底脚掌部分是一片深色的水渍印，而脚趾则是一片惨白，布满细细的小皱纹，宛如小时候在田里插了一天的秧，在河里泡了长时间的澡一般。

埋头赶路的人，是无暇伤春悲秋、顾影自怜的。但在迎检的日子里，我却也有例外。那天，因为服用胆囊炎药时间太长，决定尝试周末在家休息的时候停药，不想第二天，疼痛再起，加以前列腺炎突然加剧，一场感冒又不期而至，整个人陷入一种浓得化不开的伤感情绪中。我决定抛开一切，丢下手机，一个人出去走走。我沿着德华宾馆散步到一家药店门前，店前台阶下停放着一台女式摩托车，沐浴在阳光里，坐凳晒得暖暖的。我坐了上去，让阳光无遮拦地泻在脸上，融遍全身，滑进心里。那一刻，我几乎什么都没想，只是眼前不停地闪现一个电视画面：一头满身伤痕的非洲雄狮端坐在暑气蒸腾的阳光下，偶

常德市市长曹立军（右四）考察上河口千亩洲稻鳖基地

后盾单位负责人丁敬红（右一）向区委书记杨易（右三）汇报助力脱贫攻坚情况

区委常委、组织部部长王少贤（中）看望作者本人（右）

十美堂镇党委、政府调度上河口脱贫攻坚迎检工作

上河口村支"两委"工作例会

工作队员挑灯夜战

尔会舔舐一下伤口，再把目光射向远方……

12月14日，上河口迎省检，效果还不错。这是对我们一年的长征最好的奖赏。

晚上回到家里，来不及同老婆多说几句话，我又坐在电脑前开始了新的工作。前面迎检耽搁了的许多事情都等着去做，生态农产品销售平台远未建立，销售通道还完全是空白，更别说农产品加工以及品牌打造了……老婆坐在电脑边的沙发上，一直盯着我看，不说话。我问她："看什么？"她说："我想同你打一架！""为什么？我这不是回来了么？""你不觉得你老了吗？""我本来就到了老的年纪啊。""那你

还这么不要命？""没办法呀。""那天有人问我，那个之前挂拐杖的老倌子是不是就是你老公？我很受伤哩。"我鼻子有点酸，"每个人都要变老的，也许我的步子迈得快了一点。"

注：1. 2019年，常德的天气有点乱套：3月12日，气温骤升至32℃，有人感叹棉衣未脱就到了夏天；然而一直到7月20日，常德的气温都没有到过35℃；而直到10月4日，常德的气温仍然高达36℃，然后是过山车般的降温，我把它当做这个夏天的截止日期。

2. 2019年，我经历了许多此生从未有过的磨砺和抉择：因为有些事情实在不能再等，6月初出院没几天，就悄悄（免得老婆挂心）挂着拐杖、悬着伤腿外出奔忙（医生说，必须卧床休息8周），伤口隐痛外加血液回流不畅导致的腿脚肿胀，需要足够的坚强；在价值观念、资源分配、个人能力以及其他林林总总的原因影响下，扶贫工作中遭遇了许多难以排解的难题，解决这些难题不仅需要唾面自干的勇气，更需要忍辱负重的韧性，而面对困难，我也曾权宜行事，委曲求全，甚至折节自辱。所有这些故事，是无法在这篇民情日记里一一述说的，它们还需要时间去沉淀和等待，或者淡忘和放下。

3. 2019年，也曾遇到过许多让我铭感五内、没齿不忘的人和事，限于时间和精力，实在无法一一再现，这里姑且发一组照片，以此表达自己的敬意、谢意和歉意。感谢扶贫路上一路有你！

第四章

生态农业之路

我的葡萄不愁卖

2017 年 8 月 26 日	星期六	阴

　　"老乡，你的葡萄卖得还好不？"一早碰到上河口7组的刘克昌，看见满园的葡萄好像还没有动销过，我不禁发问。

　　"我的葡萄不愁卖！"话语里满带自豪，"都是人家上门来收购哎。"

刘克昌在打理他的葡萄园

刘克昌的葡萄园

"哦？怎么还有这么多？"望着密密攒攒的葡萄串，我有点儿疑惑。

"这不算多，我已经卖了几批了，如果是几天前，拍照更好看咧！前几天，安乡、汉寿、西湖，好多地方都来参观取经。"

"这串葡萄，你尝尝，味道是不是不一样？"我一尝，味道还真不一样，水汪沁甜，不像街头的某些葡萄，只有一种不尽兴的寡淡味，难怪他的葡萄不愁销。"我的葡萄摆在市面上卖，比别人贵一块钱，但还要比别人卖得快。"

"那为么得①呢？"

"我的东西好哇！我施的是农家肥，主要是鸡粪肥，从来不施氮肥，因此味道更纯、更甜。"

---

① 方言，指为什么。

我一看，这旁边就是一个养鸡场，这话还真说得有底气。

"我的葡萄园，全部都是人工除草，如果打了除草剂，会影响葡萄树的生长和葡萄的品质。特别是有些人为了葡萄卖相好看，专门打一些激素类的药，这种坑人的事我绝对不做。我的葡萄就是自然红。"

"种葡萄是个技术活，得耐心耐烦地摸。一般的病害尽量不用药，而是用剪子剪掉病枝、病果，清除出园。"

到这时我才发现，刘克昌和他的老婆各拿着一把剪子，提着一个桶，在园子里一直摸个不停，就是在剪除病果。

"今年的葡萄丰收来得不易，因为前所未有的高温，葡萄不长个，我在园子里待了四天四夜，引水、放水，保证园里适宜的温度和湿度。不过，尽管辛苦，但比种稻要强，我想村里的人明年多种一点，我做技术指导。"

这么多天来，我一直在想如何调整上河口村的农业产业结构，刘克昌的话给了我不少启示。

注：此文是我到上河口后公开发布的第一篇民情日记，最早发表在红网上。刘克昌的葡萄，坚定了我在上河口发展生态农业的思想。但最终葡萄没有进入我的选项，一是投入大；二是种植技术含量高，并且没有那么多的有机肥；三是劳动强度大，对村里年龄偏大的农民来说，不合适；四是不耐储藏，并且周边市场容量有限；五是上河口大部分地方地势低洼，雨季排水麻烦。一句话，要大面积种植，有些水土不服。

一场不成功的动员会

| 2017 年 11 月 11 日 | 星期六 | 阴 |

7月5日，我在上河口房东家吃的第一餐饭让我印象特别深刻。没想到在这个鱼米之乡，竟然吃不到一碗好饭，那扎吧拉撒①的隔年黄花粘实在难以下咽。我问房东为什么不种好一点的稻，他说，黄花粘比较好管理，产量又高，与优质稻价格又相差不大，为什么不种这个呢？我思忖，懒人稻，产量高，好侍弄，不愁销，农民就是这么现实。但长期这样下去，肯定不行。

上河口秋色

---

① 方言，指米饭干、散而味淡，口感不好，但黄花粘新米口感确实不错。

与部分甲鱼养殖户夜谈

　　在7月10日第一次村组干部和党员大会上，我给每一位参会人员出了一道题：怎样进行产业结构调整，找到一条适合上河口发展的正确的道路。我说大家随时可以同我电话联系，提出自己的思路和见解，两个月以后，我们再开大会共同探讨。此后我又多次提到。

　　我说两个月，是想群策群力，给他们同时也给自己一个思考和学习的时间。但事实证明，就我而言，两个月根本不够，我不能"以其昏昏，使人昭昭"。再说，今年的生产已经成定局，明年的生产还有一段时间，因此我决定把会议推迟。

　　而我给村民们的题目，犹如一个石子丢进了深不见底的天坑，没有任何回应。

　　我抓住一切机会，向别人求教；利用一切时间，给自己充电。广泛搜罗扶贫网、"红星云"微信公众号、央视《致富经》里的各类致富信息，观看农业种养视频，翻阅、整理了数十万字的资料。与此同时，对全村的产业结构情况进行了全面摸底。经过近四个月的思考和准备，基本形成了一个思路，那就是上河口的产业结构调整必须围绕稻田种养做文章。

　　我精心备好了课，并让村支"两委"打好通知，决定在今天召开上河口产业结构调整动员会。我理想地预计，应该是50人的规模，但当我到达会议室时，却是兜头一瓢凉水。包括村支"两委"成员和组长在内只有不到30人，有几个我曾经多次接触的人都没有来。打电话一问，竟然没有接到通知，当然也有接到通知不愿来的。

　　我有点郁闷，但开弓没有回头箭，我马上调整情绪，决定使尽平生力气，把这一堂课讲到最好。我由上河口一亩稻田的收入提问入手，再讲到外地的先进种养模式所产生的可观的经济效益；由我国主要矛盾的转化，讲到人民对美好生活的需求；由我国粮食产量不低、品质不高、国际竞争力不强、国家负担不轻的现实，再讲到变观念、调结构、增效益；由稻田种养的几种模式，讲到市场营销的方式。所有的观点全部用故事串起来。

　　课讲完了，有掌声响起。结果一位村干部的话，让我大跌眼镜，他说："姚书记是个书生……"屋内一片哄笑。我知道，这掌声，大多是属于礼节性的，而这笑声，才是真情。

　　接下来便是许多质疑之声，资金的问题，技术的问题，市场的问题，平台的问题……我知道，往后要走的路，还很难很漫长。

　　好在上课之前，我就已经做好了充分的思想准备。我担心到会的状况不好，担心讲课的效果不好。会前，我临时通知了从外地务工回家的年轻人孙小红参加这个会议，我决定让他组建一个上河口种养殖群，再到里面去科普、去辩论、去动员；再抓住重点对象，慢慢地去做工作，只要有人开始"吃螃蟹"，走出了一条路，自然有人跟着走。

　　晚上，我收到一个种粮大户的短信："姚书记，今天你讲的课，让我佩服得五体投地。"我知道我的这堂课没白上，我们还有希望。

注：从 2017 年 11 月 11 日的动员会到这篇日记发布的今天（2018 年 1 月 3 日），已经过去 50 多天，我从来没有放弃过让这个村有所改变的愿望。我和村支"两委"一直在努力，我相信付出总有回报。

大湖股份的上河情缘 ❄

2018 年 12 月 22—23 日初稿		
2018 年 12 月 28 日定稿	星期五	雪

缘起慈善

与大湖结缘，缘起白狼，缘起慈善。

2017年11月19日，我在"鼎级传媒"发表了一篇民情日记《上河口的早晨》，不想引起白狼先生的浓厚兴趣。他当即给我打电话，让我在他的白狼公众号上开个专栏。

白狼先生，我是早就认识的。2013—2016年，我在鼎城区旅游局工作，每逢局里筹办旅游节会，都会邀请常德自媒体知名人士参与头脑风暴、给力旅游宣传等，对白狼先生，局里每节必请。因为白狼腿脚不便，我对他的行动关照自然比其他"大V"多一点，我们两人还很投缘。

在"鼎级传媒"发表自己的民情日记，只是因为自己主动揽上的扶贫工作，有很多美好的想法必须得有钱有项目去落实。但巧妇难为无米之炊，自己单位实在使不上劲，要资金没资金，要资源没资源，向外"化缘"又茫然无绪，自己左冲右突，很有点上火。我坚信会找到知音，但总得有个突破口。以扶贫日记的方式，记录自己的心路历程，求得各界的关注，不失为一个好的路径。但自己起手建一个平台，影响力有限，也没那个精力。我想到了微信公众号"鼎级传媒"。"鼎级传媒"很给力，除了编发《上河口的早晨》文字版以外，还专门制作了录音版，并准备开辟一个"我的民情日记"专栏，全面展示鼎城扶贫人的精神风貌。接着问题就来了，既然这个专栏的指向是为全区扶贫人服务，就不能为我这里投入太多的精力和关注。好在这时和白狼对上了眼，白狼说，就在我这里开辟"民情日记"专栏吧，它的空间和自由度更大。

说实话，当时我对白狼的个人信息了解并不多，只知道他是一个自由职业者，却不知道他的真实姓名，不知道他的人生经历，不知道他在何处高就，当然也就更不知道他与大湖有什么渊源。直到民情日记发布好几期之后，白狼先生说要在春节之前对一些困难群众搞一次走访慰问，大湖股份祖亮慈善基金会的部分志愿者一同前来，我才知道他有这样一个身份：祖亮慈善基金会副秘书长。

白狼先生（右）走访上河口残疾贫困户

白狼说，钱物的事不用担心，他会通过平台募集。他在白狼文化上发了一篇《春节前的这场慰问能否成行？》，引起众多志愿者和社会各界的关注和支持，仅仅大半天时间就募集了所需要的款项和物资，充分显现了这个副秘书长的号召力，也充分彰显了祖亮慈善基金会志愿者们的无疆大爱。

我也没有想到，此后上河口的扶贫之路，会由此打上大湖股份如此多的烙印：

2月7日，常德市旗袍文化协会会员和祖亮慈善基金会的志愿者们分成两组，来到上河口村，走访慰问孤寡老人、贫困户和留守儿童15户，每户人民币1000元，面条10斤，香肠10斤，油1桶，并送上"福"字1幅。

4月27日，祖亮慈善基金会、市旗袍协会党支部部分慈善人士专程前往十美堂镇黄珠洲、十美堂两所中心学校看望上河口部分留守儿童及贫困家庭儿童，为他们送上书包、文具以及丰盛的"精神食粮"，还为上河口村留守儿童之家送上10张课桌。大湖股份祖亮慈善基金会秘书长张倩全程参与慈善活动。

8月21日，祖亮慈善基金会志愿者一行6人，在慈善基金会副秘书长白狼先生和办公室主任钟琴带领下，来上河口开展慈善助学活动，为优秀贫困学子送上奖学金5000元。

11月23日，祖亮慈善基金会、北正街小学志愿者服务队带着北正街小学2100多名师生对上河口留守儿童的深情厚谊，为上河口留守儿童之家送来各类经典图书1000余册，并为十美堂镇三所中心学校和上河口在校学生赠送练习本和北正街小学校本习字帖6000余册。

初夏の雨

立夏不下，犁耙高挂。

去冬今春，费尽九牛二虎之力，在上河口建起了一个生态种养专业合作社，设想利用上河口的现有资源，开展稻鳖、稻蛙、稻虾、鳝鱼等生态种养。稻鳖模式是我最想尝试的，但它的投入实在太大，每亩成本最少4000～5000元，完全配套到位接近上万元。而稻鳖基地的5个核心成员，有两个是"贫困户"，一个股骨头坏死，必须做手术，因为要一大笔钱，都一直硬撑着；一个爱人是重病患者，又有小孩读书，根本没有余钱剩米投资去搞稻田种养。另外三个家里也不是特别殷实，他们希望大家本钱一起出，风险一起担，利益一起享。看看要到立夏了，进甲鱼苗的钱还远远不够。我很焦急，联系银行贷款，业务员说可以贷，但要评估，程序繁琐，最快也要十天半个月。而过了5月15日再进鱼苗就真的迟了。远水解不了近渴，我急得口腔上火，一颗臼齿闹情绪，永远地罢了工。

吉人自有天相，事情忽然就有了转机。5月7日上午，受大湖股份董事局主席、祖亮慈善基金会创始人罗祖亮委托，大湖股份执行总裁赵德华、祖亮慈善基金会秘书长张倩，来到上河口村稻鳖养殖基地进行实地考察。在听取汇报之后，现场拍板，将上河口稻鳖养殖基地作为产业扶贫的试点与探索，由常德大湖投资管理有限公司贷款20万元，祖亮慈善基金会提供贴息与担保。5月8日，合作社相关成员前往大湖股份总部办理贷款手续，20万元贷款当日全部发放到位。

那天，我与大湖股份执行总裁赵德华是第一次见面，与祖亮慈善基金会秘书长张倩是第三次见面。从赵总的言谈和张倩的介绍中，我知

上河口生态农业实景图

道，赵总出生在水乡安乡农村，从事水产行业多年，对水产品养殖、技术、经营、销售等拥有非常丰富的经验，并且在大湖股份创造过多次投资奇迹。他深深地懂得，时间和资本对农民和这场试点的意义和价值。

对于这次贷款的意义，一位从上河口走出的教师这样评价：钱像化学反应中的酶制剂，有了它，理想多了一分胜算。而我宁愿把它看作一场初夏的雨，唤来这场及时雨的孙行者，就是祖亮慈善基金会秘书长张倩。

在春节前祖亮慈善基金的那一场走访慰问之后，我便一直尝试着游说白狼，希望祖亮慈善基金参与上河口的产业扶贫。白狼是个谨慎之人，一直没有给我明确的答复，他说要找机会。

今年4月16日，白狼通知我，第二天到大湖股份总部与祖亮慈善基金会秘书长张倩见面。

因为行程匆忙，竟然连文字材料都没带上，只好口头汇报，而秘书长居然没有任何倨傲和怠慢的神情。也许这与她多年从事慈善事业有关，干这一行没有一份低到尘埃里的悲悯情怀，是无法感知弱势群体的无助和无奈的，否则，他（她）伸出的手也是没有温度的。

我说，我们所做的生态农业，就是想保证餐桌上的安全。这个投资比较大，合作社的几个社员经济实力有限，情况特殊，哪怕祖亮慈善基金只捐助个两三万元，对这些农民都是莫大的安慰和鼓励。张倩说，她会第一时间向罗祖亮主席汇报，再反馈信息给我。

4月27日，祖亮慈善基金会来上河口开展捐书助学活动，张倩第一次到访上河口，并亲临稻鳖基地察看现场。

这次考察，让我再一次见识了张秘书长作为慈善女性特有的细腻和敏感，她居然看到人就能猜出两个社员的名字（之前给过她文字材料，专门介绍过合作社的几个特殊成员）。临走时，她说，看合作社这个样子，他们最缺的是钱。假如我们给你们捐3万块钱，杯水车薪，根本没有用，我们还是想想另外的办法吧。

十天之后，她给了我们一个喜出望外的答案。

在需要的时候，你能出现，就是最好的慈善，正如初夏的雨。这里我想说的是，张倩秘书长的微信名就叫"初夏の雨"；她还有一份荣耀——2018年常德十大杰出青年。

大湖情未了

春耕夏耘秋实，大湖股份的稻鳖产业扶贫基地虽然走得磕磕绊绊，但终于种出了生态大米，养出了生态甲鱼，取得了初步成功。

故事还在继续。

10月28日，大湖股份董事局主席、祖亮慈善基金会创始人罗祖亮率公司执行总裁赵德华、基金会秘书长张倩、农业产业化办公室负责人肖丕清、资金部部长向凌云等一行来到上河口，开展扶贫走访调研。

罗董一行先后走访了稻鳖种养基地和鳝鱼养殖基地，并进行座谈。罗董指出，上河口村要实现长期脱贫，最根本的是要走产业扶贫之路，他建议大湖股份采用典型大户带动、合作社、集体经营三种模式，提供资金、种苗、技术、销售渠道支持，重点做好生态甲鱼、鳝鱼繁育、贸易扶贫三篇文章，通过"龙头企业＋基地＋农户＋市场"的方式促进上河口产业发展，实现脱贫致富。他说："大湖作为农业产业化国家重点龙头企业，参与乡村产业扶贫是我们应尽的社会责任，但我们把上河口作为产业扶贫对口单位，是奔着姚书记的情怀而来的，上河口村支'两委'要有公心，带着情怀，做好领头羊，真干实干，真正把产业扶贫落到实处。"

我与罗董是第一次见面，他这样评价，让我幸福洋溢，同时又泛起阵阵酸楚。在精致的利己主义者心中，情怀是一块高尚的遮羞布；在"成功者"看来，情怀是"失败者"的一则笑话；在小资情感泛滥者的心中，情怀是一种不可救药的癌症；在骨感的现实世界面前，情怀是一种不可理喻的傻瓜的代名词。在扶贫工作中，我屡屡为情怀所伤，但真正给我以最实际最坚定的支持的恰恰是那些有情怀的人，罗董就是这些最坚定的支持者之一。我知道，上河口所有的慈善助学活动，背后都有他的理念和影子；稻鳖基地的那场及时雨，他是真正的"东海龙王"；而这次产业扶贫的深化，他是真正的掌舵人和助推者。

中午在合作社农户家午餐，我与罗董邻座，他用双手谦恭地递给我和每一个初次见面者一张名片，其言蔼如斯，宛如仁爱兄长、邻家长者，全然没有一位上市公司老总的威严与距离感。

洞庭，以其谦卑自下，不捐细流，成就了八百里云梦大泽；罗董和他的大湖能够走到今天，又何尝不是一种谦卑的成就呢？

而这一次的见面，让我感觉，上河口、大湖，注定有着一种天然的亲缘和情缘。

大湖情未了。我们期待，大湖的产业扶贫之路越走越宽广；我们深信，有大湖人和全体上河口百姓的共同努力，上河口的产业扶贫定会迎来繁花满眼、硕果盈枝。

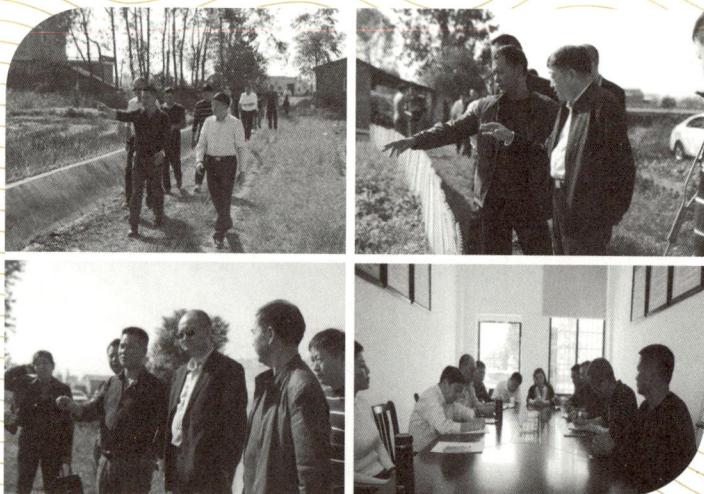

大湖股份董事局主席、祖亮慈善基金会创始人罗祖亮（左上图前排右一）率领公司团队在上河口考察指导产业扶贫

此生就爱这粒米

2019 年 1 月 5—6 日初稿		
2019 年 1 月 13 日定稿	星期日	阴

　　仅一个包装就搞了 4 个多月的"天湖垸·稻鳖米"终于装袋上市了，心里满是爱意和感慨，最想说的一句话就是：此生就爱这粒米。这是我为"天湖垸·稻鳖米"外包装写的一首诗的标题。

此生就爱这粒米

一辈子很长
但我们就做一件事：
种田　养鱼

一年很短
短得我们只能
种出一季稻

唯愿时光很慢
让我一辈子
爱够一个人

而此生

我只爱一粒米：

天湖垸香米

情定农香 32

水稻和甲鱼等水产养殖是上河口两个最大的产业，我设想把稻田生态种养作为产业扶贫的突破口，其中最想尝试的是稻鳖模式。但稻鳖基地选择什么稻作为主打品种，是一件颇费斟酌的事。米质要好，抗病能力要强，特别是在洞庭湖平原，抗倒伏能力显得至关重要。农业部门、农业专家、生产企业、种粮大户，都是要咨询的对象，消费者心理更是要重点考量的问题。

我们所得到的推荐品种有7～8个，但这些米我几乎都没吃过。饭好不好吃，只有自己吃了才知道。那段时间，我成了一个品米"专家"。

经过反复品鉴，我们决定试种农香32（为了步子迈得稳一点，我们

大湖股份执行总裁赵德华（右）品鉴"天湖垸·稻鳖米"

在基地同时另外种植了部分华润2号）。这是浏阳受到李克强总理接见的一位农民给我推荐的，他叫孔蒲中。他用近20年的时间探索出了一种稻鳖种养模式，先后试种了30多个稻米品种，觉得这个品种最好。我所品尝的农香32，就来自他的家庭农场。

农香32属于常规品种，非杂交稻，系国家一级优质米，湘米工程优选品种，常德香米唯一入选品种。米粒细长，自有一种天然的馨香，质晶莹而剔透，味醇和而甘美。这正是我童年记忆中的稻米的香气和味道。

不打药　不施肥
一个老农的坚持与一个生态的奇迹

种出生态大米，养出生态甲鱼，是我孜孜以求的梦想。基地建立之初，我说，尽量不打农药、不施化肥，但立即遭到有关社员的狂怼："不打农药，不施化肥，你得到谷哒[①]，你笑话我！"

事实证明，我的叮嘱和那位社员的担心实在有点多余。稻鳖模式，稻田有鳖，鳖和稻之间，孰轻孰重，不言自明。打药，有点投鼠忌器，自然不敢轻易用药。甲鱼的存在，消灭了不少稻田害虫，病害发生的可能性大大降低，而且今年几乎没有威胁性的病害发生；甲鱼的粪便更是天然的有机肥，只要保证甲鱼适当的密度，完全可以不施肥，而适当的欠肥，让稻苗呈现一点黄色，可以避免钻心虫等虫害的侵袭。

当然，也有让我焦心的时候。8月中下旬，是农香32壮包抽穗的季节，也是稻瘟病和钻心虫多发季节。对于这两种病害，农香32的抵抗能力都不是特别强。孔蒲中和镇农科站杨凯告诉了我预防病害的生物农药，我让基地负责人丁晓平照单抓药，提前预防，但老丁却说："不要紧的，暂时还没有必要打。"

---

① 方言，指你收到稻谷了。

8月24日，我在基地看到了明显的受钻心虫侵害的稻株，不禁忧上心来。我对老丁说："这情况，你要赶紧处理！"没想老丁很淡定："没事的，我一直在观察。看样子它还搞不起时事来①。"

老丁的坚持，让我们在11月16日得到了一个很有底气的检测结果：无农药残留，并且没有任何重金属污染。对于饱受重金属污染污名的湘米来说，这结果无疑让我们倍感欣喜、骄傲和自豪。上河口，真是宝地啊！

最是挂心风雨季

农香32最大的弱点是抗倒伏能力不太强，尽管孔蒲中和勇福米业的熊桂华告诉我，在稻苗生长期到50天的时候，打一次多效唑就足够预防洞庭湖的秋风秋雨。我还是有点担惊受怕，去年秋天"风收"了一季稻的场景，至今让我心有余悸，同时心存预悸。

为了保险，我们在村里3个地方同时试种农香32：稻鳖基地、袁河南的稻鳖田、曹少奇的稻蛙基地。

稻蛙基地没有什么需要多操心的，因为基地上张有天网。而稻鳖基地和袁

上河口稻鳖基地

---

① 方言，指搞不出名堂来。

河南的稻鳖田，却始终让我心悬：他们压根就没有按师傅教的做！老丁在浸种的时候就把多效唑拌进去了；袁河南看到稻苗生长强旺，在30多天的时候就打了多效唑。

从9月上中旬低头散籽，到10月中旬颗粒归仓，是考验农香32的关键期。此时洞庭湖平原秋天的劲风总是如期而至，常常一刮就是两三天甚至一周，最可怕的是风雨交加。一旦风雨来袭，常常就是我的不眠之夜。这个基地让我承担了太大的压力：成功了，我顶多就背一个"为少数人服务"的"罪名"；失败了，那就不仅仅是一个笑话，还有债务等许多其他一连串的问题……

哪壶不开提哪壶。我越是怕，问题就越是来。9月22—26日，连日阴雨，尤以25日晚为甚，一夜风雨敲窗，一夜辗转难眠。挨到天明，打电话询问几处情状，曹少奇那里没事，稻鳖基地暂无大碍，而袁河南那里全倒。稻鳖基地守夜人周习毛告诉我：他们的稻之所以暂时未倒，主要是田晒得好。我松了一口气，但到收割季节至少还有半个月到20天，谁知道会发生什么呢？

后来，也刮了几场风，下了几场雨，稻鳖基地也倒了几小块，问题不是太大，但袁河南那里无疑是雪上加霜，10亩稻鳖田，最终收获的米只有1400来斤。

9月26日，我曾仿照李清照的《如梦令》写了一首词，照录如下：

昨夜雨急风骤，坐卧辗转难宿，怯问种田人，香稻可否如初？惜乎惜乎，汗水尽付东流！

"天湖垸"里的"三农"情结

好农产需要好商标。到上河口的第一天，我就敏感地感觉到"上河口"三个字的价值和意义。我想把它注册成商标，但需要一个挂靠点，而乡村组织动员的难度和复杂程度，远超出了我的预期和想象：成立一个合作社就耗费了近半年的时间，等到合作社成立再去注册，上河、

严然和杜新民设计的"天湖垸·稻鳖米"商标

上河口都被别人抢注了。我唯有一声叹息，就近找了一个"天湖垸"的地名注册了一个商标。

好商标需要好图案。对商标设计，我完全是一个门外汉。请人设计，价钱高不说，还不一定满意。我想到了我的学生和同事，便找他们"揩油"。先后找了十多个人，终于有两个和我一样的"傻瓜"揭了榜：他们是桥南市场广告公司的严然和慈利金慈小学的美术老师杜新民。他们牺牲自己的休息时间和脑细胞，不厌其烦，数易其稿，形成了现在的图标模样。他们反复强调：不要辛苦费，纯粹义务劳动，就算是对上河口父老乡亲和扶贫工作的一点支持吧。

人要衣装，佛要金装，好大米同样需要好包装。我们设想按照绿色、环保的理念，用牛皮纸设计外包装，内置真空包装米砖。而这没有几万块钱，根本做不来。这对刚刚起步的合作社来说，实在是无法承受的负担。联想起十美堂连续举办的油菜花节，我脑海里蹦出一个想法：把大米包装成旅游产品。我找到区政府办旅游组（这是我曾经的"娘家"）负责人曾令，希望得到支持。得到的答复是：今年的资金在年初就拿了预算，都已经做了安排。"这样吧，杨凡副区长外出学习了，等她回来，我们一起去汇报下这个思路。"曾令说。过了一个星期，他回话，让我去一趟杨凡副区长办公室，她要了解一下情况。见面简单明了，杨区长爽快地说："早就在你的民情日记中了解到你所做的工作，像你这样扎实干事的人我们一定要支持，但按照财政资金使用绩效的要求，年初就拿了方案，只能从旅游办工作经费中间挤一点出来。"杨区长后期还对包装进行跟踪，提出了具体的修改意见，特别要求"便于携带"。

但让我特别遗憾和深感愧疚的是，我们生生辜负了杨区长和旅游办的殷切期盼。

钱是人的胆。有了杨区长的承诺，我立马安排合作社网上联系包装生产厂家（本地包装厂家做不了）。

网上接单是迅速的、令人愉快的，但接单之后的服务，确实让人不敢恭维。他们实在是太忙，时间一拖再拖，合作社的电话打过去催，他们有点烦，后来连电话都不接了。我只好亲自出马。有几次电话打过去，听

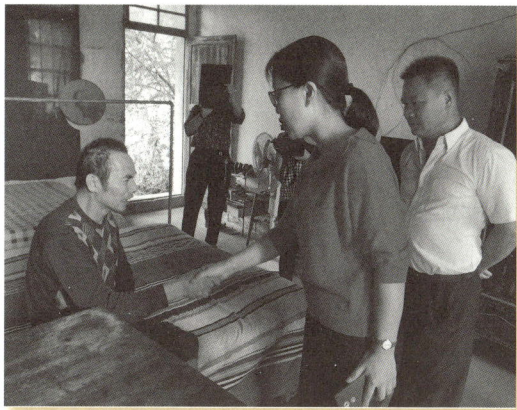

副区长杨凡（右二）走访慰问上河口贫困家庭

到业务员嘶哑的嗓音，我倒很想向她表示歉意。

包装终于寄过来了，十斤装的外包装还挺漂亮，五斤装的实在是不尽如人意，完全背离了设计意图。更让人糟心的是，当我们拿到米厂去进行包装的时候，才发现所有的内包装根本就不能抽真空，找到"精为天"米业也是如此。自己买一个包装机，还是不能用。重新再做，这成本没法算，时间也来不及，只好花钱就近重新购买内包装，而且由于就近买的内包装只适用于十斤装的，所以只能放弃五斤装设计。

今天，所有的磨难都成为上河口人呈献给大家的最美的礼物——"天湖垸·稻鳖米"。而我，除了"此生就爱这粒米"的深情表白之外，最想做的就是对那些满怀"三农"情结，给予我们无私关怀、倾力支持的领导、同事、学生、同路人道一声："谢谢！好人一生平安！"

一粒米的生命密码 ☔/☁

2020 年 1 月 4 日初稿		
2020 年 1 月 5 日定稿	星期六	雨、寒

2017年11月底，常德有一篇帖子很火，大意是当年新当选两院院士出炉，湖南15位中常德就占了5位，领先湖南，让常德人很是骄傲了一番。那么，常德人才辈出，代有英才，是常德人天生聪明？还是人文传承？抑或是人杰地灵？它有着怎样的基因密码？

一座滋养了一个民族的大湖

如果说中国要评选一个母亲湖，我想洞庭湖会是有力的候选者。

她容纳百川，滋养万物，给了我们先民丰盈而慷慨的滋养。"洞庭鱼可拾，不假更垂罾。闹若雨前蚁，多如秋后蝇。"[1]湖区百姓"稻饭羹鱼""虽无千金之家，亦无饥馑之患"；每当中原地区爆发战乱，或这个民族遭受劫难之时，洞庭湖总是以博大的胸怀接纳这些子民，抚平伤痛，赋予这个民族新的生命和活力。清代以降，洞庭湖区逐渐成为我国最大的粮食输出地，"湖广熟，天下足"的民间谚语，更是被"湖南熟，天下足"取而代之，足见洞庭湖是何等的骄傲和荣耀！

她含天混地，气象万千，容得下整个天空和世界。

正是这个曾经广达4万平方公里的云梦大泽，孕育了世界第一束"可饭可酿"的稻穗——彭头山栽培稻。从此我们的先民走向文明，在

---

① 节选自唐朝诗人李商隐的《洞庭鱼》。

这里用灵巧的双手筑起了中华第一座城池——城头山古城址，开启了
"城市改变生活"的全新历史；还酿出了世界第一杯美酒，诗酒的基因
由此融进这个民族和常德人的血脉。

这座湖有大悲悯，"长太息以掩涕兮，哀民生之多艰"；这座湖
有大执着，"路漫漫其修远兮，吾将上下而求索"；这座湖有大情怀，
"先天下之忧而忧，后天下之乐而乐"。它的博大能容、责任担当成为
许多中国士大夫所追求的最高境界和精神支撑，融入了一个民族的灵
魂，也融入了常德人的骨髓：蒋翊武武昌首义，功昭日月；宋教仁献身
共和，虽死不辞；反清斗士赵必振首播社会主义，为国人译介惊世宏
文；两党元老林伯渠主持开国大典，向世界发出中国声音……

毋庸置疑，洞庭鱼米的滋养，诗酒之风的熏染，敢于自任的担当，
是常德人才辈出最好的注脚，但这还不是问题的全部。

一条甘美的河流

在成就洞庭的四大水系中，有一条由（西）北向（东）南注入
洞庭湖的河流，叫澧水。澧者，醴也，甘美如醴酒也。澧水，一条甘美
的河。

甘美之河，绝非浪得虚名。

亿万斯年，地壳运动和澧水这条河流以及江汉来水的冲刷淤积，
造就了一片甘美的土地：西洞庭湖平原。中国乃至世界最早的稻作文明
就在这里发育，而甘美的河水、丰盈的鱼米，更使这片土地充满灵秀之
气。不说蒋翊武、林伯渠、丁玲这些熠熠生辉的名字，且让我们回到
前面院士的话题。据统计，截至2019年，常德市共产生23名两院院士，
排名湖南省第二，其中有11位分布在澧水流域；而现在健在的18名院士
中，有10名来自澧水流域的临澧、澧县和津市三个小县市。2017年的院
士榜上，更是有两位临澧籍院士。

这是一种很奇怪的分布。无论从政治、经济，还是人文、风习，抑

或是历史、地理的角度，都不足以对这种分布给出完美的解答。它的密码究竟是什么？

一粒米的生命密码

发展稻田生态种养和生态循环农业，走可持续发展道路，是我在上河口孜孜以求的梦想。今年有几个返乡青年受我的感染和影响，一股脑扎进了这个行业。

因为住院手术以及其他一些说不出的原因，特别是今年（2019年）下半年的脱贫攻坚工作出奇的忙，自从把这几个合作社组建好以后，我就很少再有时间精力去关注他们的日常运转与管理。这时，年轻的优势很快显现出来：一些事情只要我说出来甚至不说，这几个小伙子就自己

上河口稻田生态种养基地实景图

常德市市长曹立军（右五）视察上河口稻鳖生态种养基地

主动去做了。洞庭十美合作社的负责人肖海霞，完全依靠自己完成了商标设计和申请以及外包装设计；在进行米质检测的时候，千亩洲合作社负责人梁波主动添加了微量元素检测。去年（2018年）成立的第一个合作社进行检测的时候，我仅仅只是关注了农药残留和重金属镉污染的检测。

这次意外的检测，却给了我一个意想不到的惊喜。钙铁锌硒四样微量元素有三样很出彩，每千克生态种养大米的铁含量为14.7毫克，是普通大米的3~7倍；锌含量为18.3毫克，是普通大米的1.5倍，高于世界卫生组织标准；硒含量为0.0383毫克，非常接近国家富硒标准。

铁锌硒是人体必需的微量元素，人体缺铁会引起缺铁性贫血，引发萎缩性胃炎，影响小儿生长发育，出现心理行为障碍；锌是脑细胞生长的关键，被誉为"生命之花""智力之源"；硒元素能提高人体免疫力，对白血病、结肠癌、肝癌、乳腺癌等多种癌症具有明显的抑制作用，同时具有减轻和缓解重金属毒性的作用。

围绕这些微量元素，市面上产生了大量的功能性农产品，"网红"富铁大米，卖到2000元一斤；而安徽桐城一次土壤普查以后，猛然发现，桐城人之所以聪明，可能是因为土壤中富含锌这种微量元素！

这项检测，让我忽然明白，为什么上河口今年（2019年）一个家境贫寒的农家子弟，居然离北大只有一步之遥。至于常德人为什么这么聪明？答案自然不言而喻。而临澧、澧县院士众多，毫无疑问，这是上苍的格外眷顾，因为他们与澧水这条甘美之河相依相亲、相近相连。

报告编号：19NW0183

湖南广绿检测有限公司

检验检测结果报告书

共2页 第2页

参数名称	标准值	实测值	单项结论
铅（以 Pb 计），mg/kg	≤0.2	未检出 （定量限：0.05）	合格
镉（以 Cd 计），mg/kg	≤0.2	0.0074	合格
铬（以 Cr 计），mg/kg	≤1.0	未检出 （定量限：0.03）	合格
总汞（以 Hg 计），mg/kg	≤0.02	未检出 （定量限：0.010）	合格
总砷（以 As 计），mg/kg	/	0.10	/
丙草胺，mg/kg	≤0.1	未检出 （定量限：0.01）	合格
溴氰菊酯，mg/kg	≤0.5	未检出 （定量限：0.1500）	合格
水胺硫磷，mg/kg	/	未检出 （定量限：0.0500）	/
敌敌畏，mg/kg	/	未检出 （最低检测浓度：0.005）	/
噻嗪酮，mg/kg	/	未检出 （定量限：0.01）	/
钙，mg/kg	/	38.5	/
铁，mg/kg	/	14.7	/
锌，mg/kg	/	18.3	/
硒，mg/kg	/	0.0383	/

****报告结束****

生态种养大米的检验检测结果报告书

一群青年的断舍离

2020 年 1 月 11—12 日初稿		
2020 年 1 月 15 日晨定稿	星期三	阴雨、寒

一粒米的远行

如果没有什么意外，我想，今天，上河口的生态大米已飞越关山重洋，降落在非洲西部的布基纳法索。这应该是上河口大米最遥远的一次旅行。

"明天我就要回国了，之前我一直在想给家人带点什么礼物，现在我想，毛泽东家乡的大米就是最好的礼物。再过几天就是我的生日，我一定会在生日那天煮上你们的大米，与家人一起分享这份幸福。"几天前，我们曾与布基纳法索驻华使馆参赞Issa Joseph PARÉ有过一次美好的交流。交谈结束之前，他特别致意："1月25日是中国的传统节日春节，我向你们和你们的家人表示节日的祝福。"

如果不是一群上河口青年的断舍离，我想这辈子都不会走进使馆大门，去向他们推介一个村庄，也不会向他们讲述中国的扶贫故事。

一群青年的断舍离

梁波，一粒从湖南屋脊壶瓶山飘落洞庭湖区的种子，年纪不大，其人生经历却是千回百转。13岁丧母，15岁时父亲因承包的村里的小煤窑瓦斯爆炸致残，为承担一同受伤的5名工人的医疗费，不得不变卖家中的房子。梁波和弟弟被迫辍学，开始投亲靠友、漂泊无定的生活。小梁

向马里、莱索托等国驻华大使讲述中国乡村扶贫和生态农业故事，推介稻鳖米

波种过烤烟，开过小货车，在上河口牛望嘴砂场挑过河砂。18岁学厨，20岁单干，开了4年快餐店，在十美堂安了家。不安分的他把赚到的第一桶金投到山西开了两年小煤窑，因小鬼难缠，经营环境不好，亏掉了老本，最后只剩下一辆矿用三轮车。那年农历腊月二十八，他开着三轮车，顶风冒寒、日夜兼程往家赶，2000多里路，回到家里已是正月初一。回家后，他千方百计筹措一些资金养起了鳝鱼，想在上河口扎下根来，但偏偏遇着市场低谷，除了成本跑人不掉①。他只得再次仓皇离开乡村，跑到长沙开起了出租车，攒了一点钱，然后又重操餐饮旧业。

梁波小两口勤快又仁义，餐馆生意还不错。

因为父亲残疾，生活本来不便，同时在煤窑落下了硅肺病的病根，年纪越大，身体越糟；梁波自己身兼老板、采购、大厨于一身，累是必然的，更因左臂劳损严重，骨质增生，伤痛日剧；加上在外闯荡20多年，深感知识文化的重要，而儿子正是读书打底子的时候，更需要亲情的陪伴和激励。回家，是迟不免早的事。上河口是贫困村，正在搞脱贫攻坚，此时回村发展，创业的路也许走得更顺一点。两口子一商量，把店子转了，回到了上河口。

---

① 方言，指除掉成本之后亏了。

肖海霞，本来小两口在北京打拼已经8年，工资也是年年看涨，一年挣个十几万没什么问题。但城里花销也大，2011年到北京的时候，三环附近的厅式房月租金就是2000多块，他们与小舅子一家总共5个人一起租一套房就可以将就着过了。但之后租金飞涨，他们的房子不得不从三环搬到四环再到五环，离上班的地方越来越远，租金越来越高，房子却越来越小，一起租一套房，再也不现实了。买房？首付都难，月供更是压力山大，他有几个买房的朋友，很多时候要举债还贷，那日子实在艰难。而自己的孩子一天天长大，父母一天天变老，一天都不能缺钱啊。留在北京打拼，钱是好挣；但身体多病的母亲怎么办？两个孩子的成长怎么办？因为常年不在孩子身边，孩子成绩不太理想，感情距离也越来越远（我亲眼见过因为父母常年不在身边而患上了自闭症的孩子，那份疼痛是无以言说的）；把她们接来北京读书吧？大女儿马上小学要毕业了，初高中还是得回老家（没有北京户口不能在京参加中考和高考）……经过一番考量和挣扎之后，小两口决定回家。

一份初心与执念

梁波和肖海霞是带着一份梦想返乡的，他们有一个共同的目标：做生态农业。

梁波是中式三级烹调师，深知"食材好、味道自然好"的道理；加上他的餐馆开在长沙湘雅医院、省肿瘤医院旁，见过太多的癌症患者，深感食品安全的重要，也发现了生态农业的潜力。

肖海霞知道自己想要的是什么，并为此做了较长时间的准备。2018年8月辞工回家后，他先后去了潜江和南县等地实地考察稻虾、稻鳝、稻蟹等多种生态种养模式，并形成了自己的思路。

他们的做法有点"傻"，也有点"笨"。

精选稻种。只选常规稻和老稻种，品相、品质、品味，缺一不可；优中选优，哪里有好稻种，就往哪里钻；还曾不远千里，拜师求教。

向湖南农业大学敖和军副教授（右）请教

夜访生态农业达人童军（左）

人工插秧。专家说，一般而言，优质稻抗倒伏能力较差，而上河口恰好位于洞庭湖一个风带区，人工插秧可以一定程度上增强水稻的抗倒伏能力。

不施化肥。用菜枯等有机肥做底肥，并通过生态循环，稻鳖、稻蛙、稻虾共生，增加土壤肥力。拒绝化肥增产，不求产量高，唯求品质好。

不打农药。石灰消毒杀虫；田埂种上中草药，营造天然抗病虫生态；稻田里的虾兵蟹将、青蛙王子、甲鱼王八，都是捕虫好手，可以最大限度地减少虫害。稻田种养，最怕的是农药，因为任何一种农药都有可能对稻田里面的甲鱼、小龙虾和青蛙造成伤害。

禁用激素和抗生素。甲鱼以鲜鱼为饵料，小龙虾以黄豆为饵料，拒绝饲料和任何饲料添加剂。

他们所做的一切努力，就是希望在修复这片土地的同时，努力保障我们的餐桌安全。他们有一个美好的愿望：每一个现代人都太累，累了，别亏了自己，吃点好米，吃点好鱼。

一首令人动容的诗

1月9日，一位曾经担任过政府领导的文化人，忽然将我差不多一年半以前的民情日记《孩子，读书才有你的未来》翻出来分享，链接前配了一首诗，尚未读完，我已是泪眼婆娑。最触动我泪点的是这两句："队长的目光始终望着远方"和"往后将走向远方的留守孩子"。

这些孩子将要去的"远方"，毫无疑问是城市。我与他曾经多次探讨乡村振兴的话题。他说乡村如果留不住年轻人，乡村振兴就是空中楼阁。

由于农业先天弱质和弱势，注定了农民的弱势和卑微，这又恰恰是中国城市化最强大的推力。

中国城市化的进程不可逆转，这也是人类文明发展的客观规律。城市是乡村的黑洞，那里有工作、财富、爱情以及无限可能的机会，几乎所有的乡村精英（相对而言），都无法从它强大无比的吸力中逃逸。

不过，对于许多青壮年农民工来说，他们是现代化城市的建设者，廉价商品的生产者，巨大的剩余价值的创造者，由于机缘、亲情、责任甚或性情与宿命，注定将最好的年华贡献给城市，但城市却终究不属于他们，他们只是城市的过客，最终还得重归故土，因为他们很难在城市购得一套昂贵的住房，同时安顿下自己的父母和孩子，并安放自己无法安宁的"乡土"灵魂。

由于中国应试教育的局限，我们的年轻一代，被彻底剪掉了与这片土地相连的脐带。他们没有与土地、粮食、蔬菜、蚂蚁、鸣蝉相亲相近的经历，不曾相遇相见，又何来相爱相恋？他们不懂农业，不爱农业，也做不来农业，他们中的绝大多数依靠父母的积累和支援，能够相对容易地在城里买上一套房，他们走向城市将是义无反顾的。

但中国的乡村终究需要有那么一群人去守望，这群人珍爱这片土地，有梦想、有良知、有担当、有尊严，有了这群人，我们的乡村才有温度和希望。

上河口的这几位青年，他们满怀热望回到家乡创业，正如我前面所言，他们的做法有点"笨"，有点"傻"，但这恰恰是拯救和建设这片土地所需要的责任和担当。我衷心希望他们行稳致远，每年都有一个好的收成。但我深知乡村创业不易，它需要足够的实力和韧性，更需要平台、机缘和扶持。读到并且读完这篇文章的人，我们一定有缘，假定你能够向他们购一些生态大米，这无疑是对他们最大的支持。这样，他们将度过一个温暖而幸福的春节，而我们（当然包括这些返乡青年）将记住并感恩你们的温度。

第五章

民生福祉无小事

"风收"了一季稻

2017 年 10 月 17 日	星期二	阴雨

　　天下着小雨，一直没有停的意思。下午，我还是决定出门继续进行产业结构摸底调查。今天摸底的地方，主要是原介福12组。我选择了沿9号线简易公路前行，我想这样能够看到更多更真实的情况。

　　道路泥泞，行走一段，自行车轮子就胶住了，任凭你使出吃奶的劲，就是不动，只好寻寻觅觅找到了一根棍子（这里几乎难得见到一棵小树），戳一下泥巴，再推着车继续前行。即便这样，遇到没有走过的路，没有见过的水面或池塘，忍不住好奇心，还是要去看看。不大一会儿，鞋子就分不出鼻子眼睛了。

　　走走停停，到达原上河口10组，已经过了一个多小时。在原上河口

被"风收"了的上河口一季稻

原介福12组启埠闸维修前后

10组与原介福12组交界处，忽然发现大片一季稻倒伏在田中，惊骇不已。我很想知道是哪些人户的，但周边没有人家。

继续往前走，看到沟港里有一位村民，好像在摸鱼，走近一看，原来，他正在将地笼里的蚂蟥取出来装进一个胶桶里。我大为诧异，还有拾蚂蟥的？村民告诉我，这蚂蟥有专人收，做药的，鲜货50多块钱一斤，高峰时还达到过100多块。

我向村民打听受灾的情况，他告诉我，受灾的主要是吴双喜、王忠清、熊兴堂、陈办法等农户，面积有20多亩。我又问："村里其他地方大多数都是种的双季稻，这里为什么只种一季稻？"村民叹了一口气，说："上河口是十美堂的'锅底'，原上河9、10组，介福12组又是上河口的'锅底'，稍微下大一点的雨，这里就是一片汪洋。因为田水冷浸，只能种藕或者是一季稻。"我问："买保险了吗？""你还别说这事，村干部说是国家政策规定一季稻不能投保……"我对农业保险政策不是很了解，所以没有立即作出评判，我说："我帮你问问看，一定给你一个答复。"

我让这位村民给我指点原介福12组组长黄耀云的家，就此作别。

出门前我同黄耀云通过话，他在家等着。我同他谈起沿路看到的受灾情况，他告诉我："我们这个'锅底'，受灾早已司空见惯了，但如果把这里的一个启埠闸修好了以后，情况会稍微好一点。"他带我来到一个杂草丛生的地方，指给我看："这就是整个上河口的出水口，但是它现在已经塌陷了。因为出水不畅，只要下雨两个小时，这里所有的田就都淹了。"我问："估计要多少钱？"他说："只要几千块钱就够了。"我说："水利冬修的时候，给村里说说不就行了？"他说："每年上面给村里进行水利冬修的钱有限，村里对每个组只负责一个闸口的维修，而我们组里有两个，所以喊了好多年都不得到位。我希望你能帮我们讨点钱，把它修好。"

对于组长的话，我没有作出肯定的答复，因为我不知道我能不能讨到钱。但我记下了这件事，而且这是一件非完成不可的任务，因为它是这个组最大的民生实事。

当然，我心里还想着另外一件事，就是这地方栽一季稻，但倒伏这么严重，即便保险公司愿意承保，也不是个事，总不能让保险公司年年赔钱。必须更换抗倒伏的品种，或者是调整产业结构，尽量避免灾害事故发生。

注：1. 10月30日，我与区脱贫攻坚督察组一同进行入户调查，原介福12组组长黄耀云告诉我，陈办法请人工收割5亩受淹一季稻就花了3000多块。

2. 11月8日，鼎城区首届新型农业经营主体大会召开，我不是参会对象，但我跑去蹭了一堂课。金健种业董事长兼总经理王建龙的讲座，让人印象深刻，一季稻抗倒伏品种基本有解。

3. 对于一季稻承保问题，我同村干部及镇上负责农业保险的人进行了沟通。经沟通得知，因种种原因，确有选择性参保问题。镇农保负责人回应，已与保险公司衔接，答应明年将一季稻纳入保险范围。为避免意外，我于11月3日、9日先后两次找保险公司负责人进行对接，并递交文字报告，保险公司就一季稻保险作出明确承诺。

4. 经过多方筹资，村里已着手对全村部分水利设施进行维修，原介福2组、12组的启埠闸已整修到位。但上河口村沟港密布，五纵七横，长达30多公里，由于地理位置特殊，堤外河洲明显高于垸内，易受洪涝灾害影响。同时，受政策扶持力度制约，水利设施建设欠账较多，要根治水患，至少需要20万元，目前仍然存在很大缺口。

60里"水路"绕上河 ☀

2018年7月中旬至8月上旬周末草拟		
2018年8月8日定稿	星期三	晴

2018年1月9日，白狼文化发了我一篇《"风收"了一季稻》的民情日记，文章涉及上河口欠账多年的水利设施维修问题，受到了政府部门和各界朋友的关注，区扶贫办和相关部门对此给予了力所能及的支持；一位不愿透露姓名的企业家主动捐款10万元，指定用于上河口的沟港清淤。因各种原因，捐款清淤工作于5月才正式启动，截至目前，已完成8.75公里沟港清淤，费用7.9万元。这篇民情日记，算是对这位企业家慈善情怀的一个回应和交代。

——题记

　　盛夏季节，给我们驻村工作队管饭的房东谭老倌，几乎每天早晨七点不到就要赶到牛望嘴电排去抽水，天旱时节和下大雨的时候都得去。

　　谭老倌叫谭长春，早年曾任原介福村党支部书记，后来到黄珠洲乡水利站工作，负责牛望嘴电排抽水，退休已经4年。因为工作敬业，所以一年中电排站工作忙的时候，站里常常请他到牛望嘴电排看守电机。

　　上河口濒临澧水洪道，同时又是十美堂的"锅底"，下大雨的时候万水归宗，牛望嘴必须得抽出水；天旱的时候，上河口及周边荷包湖、秧田等5个村的农业用水，都得从牛望嘴电排进。每年从4月到9月，差不多半年时间，谭老倌都得守在电排。

水之利：60里"水路"绕上河

上河口的田园化建设是很完美的，纵横500米一大格，中间每100米一小格，规整有序，非常适合规模农业和现代农业的开展。

与田园化建设相适应的，是纵横交错的沟渠。上河口跨经8—12线、纬14—20线，五纵七横，共29公里主沟渠，形成了四通八达的水路，分散在各处的机埠和启埠闸，将难以数计的田间沟渠与其相连。稠密的水网犹如人体的动脉、静脉和毛细血管，滋养着这片生机勃发的土地。

水之忧：三小时"水程"两天到

占尽地利、沟港纵横的上河口人，却常常面对近在眼前的水发愁：因政策扶持力度欠缺（政府每年只负责经12线等主线的清淤工程）、集体经济薄弱、乡村劳动力老化、基层组织动员能力有限（同时，政策也不允许村里找农户筹资）等因素制约，该村大部分沟渠设施老化，淤积严重。有的10多年甚至近20年没有清淤，沟底抬升，草与沟齐，一条沟的两头很可能"沟头水漫流，沟尾无水抽"。最远的原上河口8组、2组，本来2～3小时的"水程"要走上两天，等到水来，真可谓是望穿秋水。

最好的慈善：10万善款除"血栓"

要完成整个近30公里沟渠的设施维修和清淤工作，需要30多万元（此前说20多万元，一进入实际操作，才发现远远不够），这对于欠债120多万元的上河口村来说，无疑是一个天文数字。

书生意气的我，算不得官场中人，人脉资源少，又特不擅长"化缘"，只好以一篇民情日记《"风收"了一季稻》倾诉自己的无奈。呼告很快就有了回应：区扶贫办和相关部门给予了力所能及的支持，但离实际需要还有很大的缺口。

面对缺口，我束手无策：自己家底薄，无钱可贴；找人"化缘"，常常自招羞辱。我经常拿一句"名言"安慰自己：所有的成功者都是不要脸的。

我也曾反复揣摩学习扶贫先进人物的经验，但根本无法复制：自己的腿伤，不容我带头跳进沟里去清淤；走访村里年纪大一点的老百姓，几乎无一例外的是老寒腿，都是年轻时修水利落下的病根；同学都有自己的家庭和事业，没法为了情怀陪我一起"疯"；有情怀的，没有经济实力做支撑；事业成功的，从来不曾联系……有好几个寒夜，我在亲妈家屋外的公路上仰望星空，孤独、彷徨、无助，我是不是不自量力？我是不是多管闲事？我是不是该急流勇退？最终，我选择了坚持，但我真的找不到出路。我想，既然做不了，就慢慢来吧。

最好的慈善，总是在最需要的时候出现。

那天，我的一位已经35年不曾见面的大学同窗、一位不愿向公众透露姓名的企业家，主动打电话给我，说是要捐款10万元，用于上河口的沟港清淤。这，无疑是喜从天降，长期积压心头的阴霾终于一扫而空。

最诚的谢意：三千村民表深情

因为种种原因，清淤工作到5月才正式启动，目前已完成沟港清淤8.75公里，费用7.9万元，基本上解决了最紧迫路段的清淤需要。今夏，上河口遭遇了近几年少有的旱情（7月至目前连一场像样的信雨都不曾下过），但村民几乎没有遇到抽水困难。当然，未完成清理的路段肯定仍然有问题，但因为沟港堤坝上种了庄稼，剩下的只有秋收之后再去做了。余款开支情况将在白狼文化公众号上进行全面公示。

上河口村支"两委"非常珍惜来之不易的10万块钱，请了专人监工。村委会副主任王建波分管农水，施工现场跑得最勤，因为摩托车轮胎爆胎还摔伤了膝盖骨，不得已在家静养了一个星期，但他从来没有任何怨言。

十美堂镇党委、政府对上河口的沟港清淤工作给予了高度关注，镇党委书记罗军初和分管农水的负责人先后多次亲临现场。镇里还专门拨了1万块钱用于补贴清淤缺口。

遗憾的是，收到捐款后，我曾多次邀约捐款人来上河口村看看现

上河口村沟港清淤一览表

2018 年 6 月 17 日

经纬线	施工长度（米）	施工时间（h）	单价（元/h）	小计（元）
纬 14 线 （经 8-12 线）	2300	58:50	320	18827
纬 16 线 （经 11-12 线）	500 （300+200）	15:40	320	5013
纬 17 线 （经 8-9 线）	800 （700+100）	26:30	320	8480
纬 18 线 （经 8-12 线）	2300	50:50	320	16267
纬 20 线 （经 6-9 线）	950	30:30	320	9760
经 10 线 （纬 14-15 线）（纬 19-20 线）	1000 （500）（500）	33:00	320	10560
经 11 线 （纬 14-15 线）（纬 19-20 线）	900 （500）（400）	30:20	320	9707
拖车费 （2 次）				400
	8750	245:40		79014

监工人：王建波 彭达满
施工人：叶勇文

十美堂镇上河口村村民委员会
2018 年 6 月 17 日

沟港清淤费用一览表

场，但他始终不肯露面。

在这里，我要借这篇日记，向你表示深深的敬意与谢意！我很幸运，上河口很幸运，在茫茫人海中，我们遇见了你。

上河口村民对你的善行义举多有赞誉，农民诗人杜福喜曾赋诗一首，照录如下：

> 上河沟港野草生，污泥积满水难行。
> 整田要水水不通，大雨一下淹禾心。
> 人工挖沟挖不了，找人化缘没门径。
> 旱涝保收难保证，百姓种田没信心。
> 选派书记到我村，看在眼里急在心。

纬18线施工前后对比图

> 民情日记表民声，感动同学慈善人。
> 匿名捐款十万元，疏通沟港惠民生。
> 多谢善人菩萨心，你们事业会更兴。

上河口村党支部书记李德喜特别嘱咐我，在民情日记里一定要记下

百姓竞说清淤好

这段感谢的话：

　　这次我村排灌沟渠大整修，除上级政府部门给予支持外，特别要感谢的是姚高峰书记的一位匿名同学，他无偿捐赠10万元，已整修沟渠近9000米。值得一提的是原纬14线杂草丛生，淤塞严重，是几个村的公用排灌沟渠。十多年来，因资金匮乏等多方面的原因，迟迟未予解决。通过这次大整修后，大大地方便了村民的农田水利灌溉，有效地提高了水稻产量。在此我谨代表全体村民再次衷心感谢这位匿名的善德人士给予我村老百姓生产、生活的帮助与无私的贡献。

老贾的烦心事 ☀

2017 年 10 月 31 日	星期二	晴

"寒露不出真不出，霜降不黄真不黄"。

村民老贾最近有点烦，别人家的晚稻已经收割了，而他家的七亩稻田还是一片郁郁葱葱。农历八月十五前后才抽穗，稻穗是比较长，可就是不灌浆。老婆天天找他骂、找他吵，老贾喝农药的心都有。

老贾失收的晚稻

老贾怀疑种子有问题，但这是种子站极力推荐的品种啊。他找到种子站，种子站的人来看了，给他指出了三点错误：多效唑打多了；氮肥施多了；晒田不及时。

老贾心里很不服气，自己种了一辈子的稻，从来没有犯过这样低级的错误。

据初步了解，这批种子是老贾今年2月在镇上某种子站买的。一共买了40斤，每斤17块。老贾追根究底，查知原黑山嘴一港14组裴翠红也买了这个品种。老贾打电话一问，他说家里的长得还比较好啊。老贾顿时掉进了冰窟窿。

今天上午11点40分，我骑自行车到一个老百姓家里去走访，路遇老贾，他犹犹豫豫、疑疑惑惑地拦住我，诉说他的苦闷。

我决定放下别的事，同他一起去田里看看。这一看不打紧，还真把我吓了一跳。两块相邻的田，老贾的还早栽两天，别人的可以收割了，而他的还是一片青葱，稻穗就是绿色和黑色的空壳。

种水稻我是外行，心里没有底。我想没有比较，就没有鉴别。还是去几十里地外的黑山嘴一港14组看看吧。

到了那里才知道，裴翠红根本就没有种这种稻，他是帮他的一个亲戚代买了这个品种，在几里地外的一港10组。

既然来了，就要把事情弄个水落石出。我们又继续往那里赶。到现场一看，那田里的稻和老贾的没有任何区别，也是一片郁郁葱葱呢。田主人说，他们已经通过网络并经村干部同种子公司对接上了，种子公司看了现场，答应赔偿。

知道真相后，我心里的石头落了地，老贾的心里也好受了一点，他决定自己再去找种子站理论理论。

回到老贾家里已经是下午2点多了，匆匆吃了一碗面，又要开始下一站的工作。我对老贾说，不论结果如何，都要及时告诉我。我暂时还不想出面，我只是想让老贾在实践中学会维权。我想应该会有一个好结果，我期待也相信会有一个好结果。

注：据后来反馈的信息，老贾维权几乎没有遇到什么障碍。这批种子是种子公司的工作人员装错了货，具体品名不清楚，他们积极地给老贾落实了赔偿。

遇见他（她）请给一个微笑

2018 年 10 月 5—7 日草拟		
2018 年 10 月 8 日晨定稿	星期一	阴雨

所有的岁月静好，都是因为有人在为你负重前行。

——题记

新党副主席戳中泪点的"中国颂"

国庆放假，翻阅大学同学微信群，看到一段新党副主席李胜峰慷慨激昂的视频，完全就是一篇让人精神振奋的中国颂。他无比自豪地说，中国是世界历史上唯一一个没有殖民、没有掠夺，完全靠自身努力发展起来的国家，欧美国家和全世界必须要重新正视中国。那么，中国40年爆发式的发展，靠的是什么？他说："靠的是农民工的妻离子散，靠的是整个国家资源的输出，靠的是整个环境的输出，他们是付出多大的代价，才从国际贸易中一毛一毛积累了今天的国力。"

中国的崛起，我们的资源被贱卖，环境被破坏，有太多带血的GDP①，尤其是那放在第一位的"农民工的妻离子散"，真是戳中泪点。这篇民情日记，我想说说农民工，这是我憋了整整一个夏天想说而说不出的一个话题。

---

① 指国内生产总值。

难忘夏夜那盏灯

一盏头灯如炬，刺眼的光芒掩住了灯主人的眉眼，只露出一张隐约但棱角分明的脸；借着灯光，你可以清楚地看见汉子上装褪色的迷彩；汉子的左手执着一个电高压锅内胆，但里面已是空空如也。头灯的右前方，是另外一个同样额头罩着头灯的中年汉子，他侧着身，灯光只照见他的头和前胸，勾勒出一个剪影，但壮实的头颅、厚实的前胸以及右手臂饱满有力的肌肉，可以看出他是一个结实的汉子。他头向前倾，右手端着一个白瓷碗，举向嘴边，鼻尖恰好滑下一颗欲滴未滴的汗珠……

这是6月28日晚，我在上河口鳝鱼养殖专业合作社成员何志红的红虫养殖基地所看到的一幕。

养红虫的贵州师傅

135

红虫，是鱼类最好的饵料，特别是鳝鱼幼苗繁育，红虫几乎有着不可替代的地位和作用。红虫基地，是何志红与他人合伙办的，远在上河口20公里之外的蒿子港。我想看捞红虫的现场，而这，只有晚上才能看到。那天，我搭乘何志红的女式摩托车（因为有搭乘摩托车腿脚受伤的经历，我对高大的男式摩托车有着一种本能的恐惧）来到红虫基地，已差不多到了晚上9点。

虽是十五月圆之夜，但天上有云，并不见月光。田野如漆，空气中弥漫着一股发酵的猪粪的味道。红虫最喜欢的食物，就是发酵了的动物的粪便，其中猪、牛粪最好，这个基地用的是猪粪。

在何志红手机灯光的引导下，我小心翼翼地拄着拐，慢慢挪过路边一条沟港的简易横桥，移到红虫基地的田埂边。田埂上一块草不多的地方，放着一个电高压锅内胆，里面有一块巴掌大小的冰块，依稀剩着少许甜酒汤和几粒甜酒渣。我们就在这里等着红虫师傅的到来。师傅就俩人，正在基地田间的另一头，俯着身子，借着头灯的光照，用塑料刮板刮掠着水田里的红虫，到了尽头，他们就转回来。

站在这空旷的田野里，没有风，不动就觉着闷热。我们听不见蛙鸣虫叫，但蚊子并不缺。一不小心，便会在你的脸上、手上狠狠地"亲吻"一下，留下一个个的包。

我们聊着基地和贵州师傅打发时间。此前，何志红已经好几次给我说起过这两位师傅。他们是贵州遵义人，家中人口多，负担重。其中一个爱人患骨癌，有两个儿子；一个生了两女一子，儿子很不幸摔断了腿，做过手术，马上要取钢板了。何志红曾问我有没有什么办法给他们一点帮助，我同白狼先生商量过一回，说是隔得太远，不好办，我只好作罢。

我们等的时间并不长，电高压锅内胆中冰块差不多融完的时候，红虫师傅就回来了。等他们在田里简单地洗了洗手，何志红把从家中带来的一个西瓜交给了他们，他们连声感谢："何老板真是太客气了，每次来都给我们带西瓜。"稍稍闲聊了几句，他们便开始喝自制的冷饮——"冰甜酒"。其实并无内容，一人多半碗冰水而已，瞬间便是碗见底，显然解渴还不够，接着又把西瓜报销了。

因为师傅还有很大面积的红虫要捞，按照眼前的进度，他们要到凌晨才能完成今夜的捕捞工作，加上时间不早了，我们便匆匆和红虫师傅告别。返回上河口，洗漱完毕休息时，已经快夜晚11点半了。

辛劳一日，可得一夜安眠，但那天我却很难入睡。我的眼前，老晃动着那盏灯，那盏如炬的头灯下，因为手的抖动而有点晃眼的白瓷碗，以及中年汉子鼻尖欲滴还留的汗珠。我惦记着这两位贵州乡亲，他们在凌晨回屋后还有解渴消暑的"冰甜酒"吗？我老在想，他们的家人是否安好？治病的钱有保障吗？

那些被牺牲的爱、希望和幸福

仅仅过了10来天，我再次给何志红打电话的时候，这两位贵州师傅就一个因为儿子手术、一个因为爱人骨癌加重（当然还有沟通不畅等其他原因）先后离开了红虫基地。此后，基地断断续续找过许多本地人来捞红虫，可从来没有一个人能够坚持三天以上，因为他们根本无法承受高温季节如此高污染、高强度、高韧度的劳动。后来我才知道，在湖南、湖北等地，专门捞红虫的工人几乎全部来自贵州、广西两地，他们有着一种比其他省区工人更让人敬仰的坚韧不拔和吃苦耐劳精神。

当然，我这里要说的是，每一个勤奋付出的中国农民和中国农民工都值得人尊重和敬仰。

农民工，是中国现代化绕不开的一个话题。从20世纪80年代中后期开始，无法在有限的土地上安放自己的梦想的中国农民，大量涌入城市，以他们特有的勤劳、坚韧和智慧，筑起了城市的高楼大厦，拓宽了城市的马路，推动了中国的现代化进程，也分享了改革开放的红利。遍布中国农村的小洋房即是明证，但这每一幢小洋房的后面，都洒满了农

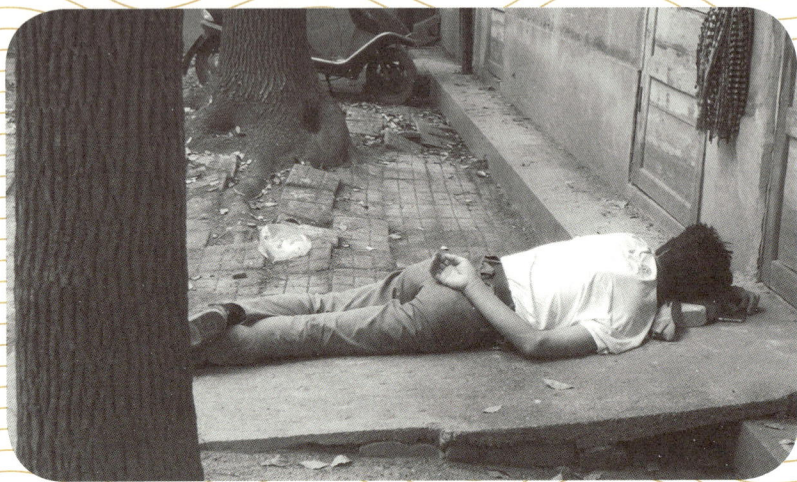

一位农民工的午休（作者手机拍摄于租住的小区）

民工奋斗的汗水，都有一个励志而又心酸的故事。

去年夏天，我的侄女大学毕业后在常德打工期间，在我家待了几个月，说出了一个隐藏多年的秘密：她的爸爸妈妈常年在外打工，常常只有春节才回家。那年因为往返太拥挤、车费太贵，妈妈没有回家，一直到五一节才回来。假期一晃而过，第二天，侄女就要上学了，她的妈妈也要再出去打工，侄女满心不舍，却又毫无办法。晚上，她突然使出了一招苦肉计：用冷水洗了一个头，然后把后背贴在墙上，生生地凉出了一场重感冒。这样侄女至少有几天不用上学了，妈妈也只好暂时停下返程的脚步。侄女从来不是一个"心机女"，但为了同妈妈有多一点相伴的时间，尚在读小学的她竟然被逼想出对自己有些残忍的奇招。

无独有偶。就在今年夏天，我在上河口给孩子们开展暑期送书活动时，有一个小女孩告诉我她"爸爸"的名字，那是我的帮扶对象的儿子。只知道他家里条件不太好，但一直没时间到他家里坐坐。当时天已擦黑，我还是决定去小女孩家看看。

　　听说我要到她家里去，小女孩欣喜异常，像小鹿一样在前面蹦着跳着带路。进了家门，家中的简陋让我大吃一惊：一个大通间的卧室中摆放着两张床，一家四口晚上就挤在这一屋睡觉；室内空气流通不畅，又闷又热，靠后窗的下侧，一台冷气机像打稻机一样轰鸣着，但并没有给人带来凉爽，反而让人觉得更闷热；昏黄的灯光，没能照亮这小屋，倒是仿佛给长脚蚊指点了攻击的方向和目标。户主不足两岁的小外孙女，不停地挥舞着双手又是抓、又是挠，可怜巴巴地哭喊着，满是伤心和无助。

　　待屋里稍稍安静下来，我指着带路的小女孩问户主："你女儿学习还好吧？"听我这一问，户主竟然当场愣住："她不是我女儿，她是我外甥呢，老婆妹妹的小孩！"一问究竟，才知道这个小女孩老家远在张家界，爷爷瘫痪在床，全靠奶奶照应，爸爸妈妈外出务工，在她三个月

上河口学龄儿童

上河口老农

大的时候就放到了姨妈家，每年只有春节的时候才能见上爸妈一面。小女孩自小与爸爸妈妈缺少感情联络和沟通，打内心里没有皈依感，在学校里，竟然自作主张、倔强任性地把自己的姓都随姨爸改了。

忽然想起德国作家克里斯蒂娜·纽斯特林格尔的童话《弗朗兹的故事》。弗朗兹的小伙伴向他炫耀自己有爷爷，于是弗朗兹费尽心机，终于如愿以偿，找到了一个让他引以为傲的爷爷。当时觉得这个情节有点离谱，但这个小女孩的故事，却给我实实在在地上了一课。后来看了一篇关于中国被牺牲的6000万留守儿童的文章以及相关资料，知道儿童在成长过程中，如果缺少父母爱的呵护，缺少安全感、满足感和归属感，很容易形成影响一生的心理疾病。特别是在成长的关键时期，如果缺乏有效的心理疏导，内向、孤独、自闭、自卑、厌学、冷漠、乖戾、仇恨、暴力等负面情绪将长期伴随孩子。这些孩子，在以后的人生历程中，需要付出比正常孩子更多的努力，努力与自己和解、与父母和解、与社会和解，让自己变得温暖而成熟、理性而坚定。

也就在这个夏天，老家遭遇了近年来少有的干旱，因为一个养殖场的存在导致山泉干枯，自来水根本流不过来。从来不用担心没水喝的父母辈的衰老的身躯，已无法从另外一个不是太远的老井挑回生活用水，只好从门前的脏水沟里一小桶一小桶地提回家里，凑合着用。我的一个堂叔，因为双膝严重磨损，已是多年无法正常行走，早些日子又摔断了手。在外工作或务工的几个女儿，回家用心用情地照护了一段时间，待他伤好一点才回去，不曾想不久就会天干到连水都没有喝的。但这个堂叔足够坚强，他竟然趔趔趄趄地挪到了门前的沟边，用一只尚好的手拿着盆取了水，再三步一歇地端回屋去。当然，运气好，周围有人的时候，别人也会给他帮忙。好在这样的日子，持续的时间并不太长。

农民工的牺牲，有些可以挽回，有些却永远无法弥补。

外出务工，常常是劳燕分飞、天各一方，人不在一块，感情往往就淡了，或者经不住诱惑，移情别恋。这种情况在乡村已是司空见惯，有的村组，夫妻离婚或者隐性离婚、重婚的比例差不多在50%。

许多农民工拼命挣钱，唯一的目的就是为孩子争一个前程。对于农民工的孩子而言，他们也本该有一个美好的未来，但也许就因为父母的缺失，导致终身的遗憾。在这个新闻不断的秋天，搅动媒体、刺痛社会神经的滴滴司机杀人案的主角，就是曾经的留守儿童，令人愤怒、扼腕、伤叹。在上河口，有几个孩子的父母，在外务工多年，挣够了让孩子读上好大学的资本，但孩子就是不争气，怎么样都不肯读书（因为从小就没人引导他们养成读书的习惯）。好在孩子性格还好，今后做点别的什么事都不至于太差，也算一个安慰。

敬礼！中国农民工

这个国庆节，一个在江苏泰州姜堰步行街进行的艺术表演《我爱你中国》不断在我的手机微信群里刷屏。艺术生活化，生活艺术化，让人深深感受岁月的静美，这正是我们几代人、亿万中国人民的追求和向往，也是亿万中国农民工的追求和向往，但我清楚，这个场景、这种生活，暂时还与不少农民工无缘。通过微信和电话，我了解到，我的在外务工的兄弟姐妹、父老乡亲，大多只在国庆节休息了1~2天，紧接着就是加班。仅有的这点休息时间，他们需要好好地放松，调理一下自己疲惫的身心，但他们不敢有任何懈怠。在现行的城乡二元结构和分配体制之下，在现有的教育、医疗、养老体制面前，每一件事都足够让他们操劳一生。

在这里，我并非想要刻意渲染农民工的悲情与苦难，我只想告诉人们，在你感受岁月静好的时候，别忘了有人在为你负重前行，他（她）们是我们的农民工兄弟、农民工姐妹、农民工父老、农民工乡亲。他（她）们在工厂的流水线，在煤矿的井巷里，在一天天长高的城市大厦的脚手架中，在一切工资低廉、人们不屑一顾、危难险重、人们望而却步的岗位上；也许，他（她）与你刚好挤同一辆公交车，风尘仆仆，带着汗酸味；也许他是抬你上山一览众山小的轿夫，而他的父母却正在踉踉跄跄地担回一点点饮用水；也许她在你家做着保姆，而她自己的孩子，却在与泥土为伴……如果你遇见他（她）们，请给他（她）们一个微笑，或者说一声：您好！

如果你愿意，让我们一起说：

农民工，我们向您致敬！

> **注：** 关于中国留守儿童，2013年5月10日，全国妇联给出的数据是6000万人；2018年8月31日，民政部给出的最新数据是697万人。

篝火之问与粮食安全

| 2019 年 7 月 13—14 日定稿 | 星期六、日 | 阴雨、晴 |

中国人的饭碗任何时候都要牢牢端在自己手上。我们的饭碗应该主要装中国粮。

——习近平

又到早稻收割季，今年的收购价格会怎样？这是许多稻农关心的问题。

篝火之问：
明年早稻谁来种？

按照区委驻村办和扶贫办的统一部署，去年冬天，我与驻村帮扶工作队和村支"两委"在各组召开屋场会。因为天寒，每到一处都烧了一堆柴火。围着柴火，大家无所不谈。

我们的第一场座谈会，在原上河口4组组长家举行，大家谈兴很浓。不少村民感叹："现在农村日子比以前还是好过多了，种田不仅不要交提留了，还有补贴。"但马上就有人反驳："现在的稻谷价格仍然与十几年前差不多甚至更低哩，今年的早谷子低得离谱，湿谷只有80块钱100斤，一斤稻谷还比不上一斤废纸！一亩就是赚个百把两百块钱，如果是租田，或者请人工，弄不好就亏，这样明年还有谁愿意种早稻呢？"

这个问题，我当时只给出了一个简单的回答：政府鼓励种植优质

上河口屋场会

稻，我们必须抓紧调结构，或者是搞稻田种养，提高综合效益。其实，这个答案我自己都不满意。

谷贱不如废纸背后的
价格机理和国际经济一体化

谷贱不如废纸，有着复杂的大背景和价格机理。要讲清楚，那可以讲整整一本书。我们只能讲，供求关系决定商品价格，这是一个最基本的原理，但政府往往对事关国计民生和社会稳定的一些商品给予价格保护和价格调控。

由于粮食直补、粮食保护价收购等一套政策组合拳和科技进步的综合作用，中国在2004—2015年创造了粮食十二连增的奇迹，此后连续稳定在1.2万亿斤以上。在2018年全国两会上，农业部部长韩长赋这样说："过去是8亿人吃不饱，现在是近14亿人吃不完。"由于人们生活水平的提高，有不少人不仅仅满足于吃饱，还要吃好，更要生态、安全、新鲜（感觉上的新鲜和好奇），导致近几年我国粮食生产出现了高产能、高库存、高进口三高并存的态势。推动粮食生产结构调整和供给侧改革已成为一种必须，所以在2018年早稻收购中，价格调节也就成了必然。

其实，我们的农产品要和国外农产品一同展开市场竞争，存在不少劣势。规模化、集约化程度偏低，成本较高，从现代农业角度来看，无法与美国抗衡。就传统农业角度而言，无法与东南亚和南亚等地的国家比拼，例如，老挝的水稻不打农药、不施化肥，巴基斯坦的大米比中国的品质要好……2012年，我国大米进口激增至260万吨，此后以年均11%左右的幅度递增，2019年进口大米预计550万吨，进口大米对国内稻米市场的影响日益加深。我们的农民，看似与美国、东南亚和南亚这些地方的农民八竿子打不着，但粮食把他们紧紧地连结在了一起。当农民也要有国际化的视野，这绝不是虚言。

至于废纸价格暴涨，尽管它与大米没有可比性，但它完美体现了供求决定商品价格这一基本原理。它是两个因素共同作用的结果：国家层面严控洋垃圾进口，导致原材料紧张；我国电商销售扩张迅猛，导致纸张消费需求大增。供求关系紧张必然导致价格扭曲，使一斤废报纸的价格由以前的5毛钱上涨到1.2元。我们每个爱好网上购物的消费者都为废纸价格上涨作出了自己的"贡献"。

五谷者，国之重宝，万民之命

洪范八政，食为政首。一部《尚书》，开启了中国重农主义的传统，也成为构建中华民族几千年超稳定的社会结构的思想基石。农耕文化安土重迁，远远缺乏游牧文化、海盗文化、殖民文化和狼性文化的张力和野心。当然，当土地和粮食不能保证小农安居乐业的时候，这种稳定也会被周期性地打破和重建。

明朝崇祯皇帝是一众亡国之君中最憋屈的一个。即位之前，阉党专权，外族入侵不断。他身怀抱负，宵衣旰食，励精图治，一心想做中兴之主，但他偏偏遇上了小冰河期，风雪交织，旱蝗相继，亲人相食，民变迭起。闯王李自成打出了"均田免粮"的口号，振臂一呼，英雄云集，大明王朝在内忧外患中分崩离析。崇祯帝在煤山吊死前，留下遗书，痛诉"诸臣误朕"（从史料看，"朕误诸臣"也是有的），但在此句之前还有一句"上干天咎"，表面说自己招致上天的惩罚，实际上是抱怨"天亡大明"。封建帝王常常以"受命于天"自居，作为一国之君，他不可能不知道，国以民为天，民以食为天，粮食就是最大的政治，天不假食，能奈几何？

粮食足以让一个帝国坍塌，也足以让一个民族挺直脊梁。苏联在斯大林时期通过各种方式，迅速完成了工业化，并利用石油武器，向世界展示自己的力量，可谓一时风头无两。但因为僵化的集体农庄模式，严重挫伤了农民的积极性。20世纪60年代，苏联农业颓势凸显，先后几度抛售黄金，高价收购粮食，以稳定国内粮食供应。此后，粮食危机一直成为这个国家最大的软肋。当石油价格暴跌、苏联无法喂饱它的人民的时候，人们在排队抢购面包的漫长等待中，逐渐丧失了对这个国家的支持和希望。那个看似不可一世的国家一夜之间彻底崩塌。

时过境迁，2014年，俄罗斯因为克里米亚事件，遭受欧美全面制裁。但这个民族始终保持坚挺的姿态，除了总统普京迎合了俄罗斯民族复兴的梦想之外，还有一个至关重要的因素，那就是俄罗斯不再缺粮。手中有粮，心里不慌。

粮食，从来就是武器

一部《三国演义》，就是一部全景军事文学。官渡之战，曹操夜袭乌巢，烧掉了袁绍的粮仓，奠定了整个战役的胜局，从此整个北方曹操再无敌手。按照小说的描述，三国之中，论文韬武略，无出诸葛亮之右者，但在对曹魏战争中，诸葛亮却出师未捷身先死，蜀道艰难，粮草后勤供应先天不足，当是重要原因。六出祁山，蜀汉属于进攻方，在粮草供应上要比对手耗费更多的心血，诸葛亮甚至不得不用木牛流马来运粮。第五次北伐最为接近胜利，但终因李严运粮不继，不得不撤军。第六次北伐，诸葛亮悉众而出，抱定必胜信心，但他的对手司马懿深知"亮每以粮少为恨"①，即便诸葛亮以妇人服饰相激，也始终"坚守不出"，活活地熬死了诸葛亮，也熬掉了蜀汉"光复汉室"的梦想。

当代史上，美苏争霸，真正让美国兵不血刃、不战而屈人之兵、比核武器还要威力强大的终极武器，恰恰是粮食。20世纪80年代中期，苏联石油减产，美国联手沙特加大石油生产力度，导致石油价格暴跌。苏联依靠石油财政保障粮食进口难以为继，商品和食品短缺，人民生活艰难，所以他们愤怒的洪水很快将这个泥足巨人淹没。

中美之间的博弈，从来也没少过粮食的话题，更没少过围绕粮食展开的刀光剑影。

在最近的中美贸易摩擦中，最有明星色彩的三个词，恐怕就是华为、芯片和美国大豆了。美国农民用自己的选票助攻，把特朗普送进了白宫。中美贸易摩擦，我们拿大豆开刀，因为我们的进口量大，达9000万吨每年，其中美国大豆占三分之一以上，这样一来，美国豆农损失惨重。特朗普有点扛不住，多次在社交媒体里安抚豆农，并加大了财政补贴力度。

特朗普和美国豆农急，那我们呢？没那么急，但不能说一点也不急。因为我们每年的大豆需求量在1亿吨以上，其加工、消费已经形成了一个完整的产业链，豆奶、豆油、豆粕已经成为我们日常生活和农业生产不可或缺的一部分。如果全部由国内种植，那么需要耕地面积至少4亿亩以上，占全国耕地面积的五分之一，这样一来我们的主粮面

---

① 出自《晋书·宣帝纪》。

积就无法保证了（我们的粮食国策是："谷物基本自给，主粮绝对安全"）。寻找另外的替代进口国？巴西、阿根廷，甚至到俄罗斯租赁土地种大豆，都可以，但麻烦多多少少还是有一些的。

布朗之问可以休矣？
谨防谷贱伤农下的蝴蝶效应

长期以来，西方充斥着"谁能养活中国人"的怀疑论调。这种怀疑既有唱衰的成分，也有真诚的担忧。新中国诞生之际，时任美国国务卿艾奇逊曾放言："历代政府都没有解决中国人的吃饭问题。同样，共产党政权也解决不了这个问题。"1974年，在罗马召开的第一次世界粮食会议上，一些专家预测，由于人多地少等原因，中国绝无能力养活10亿人口。1994年，美国学者布朗干脆把他的书名叫做《谁来养活中

田埂上种大豆，这曾经是中国农村常见的农耕模式，现在已不多见

国？》，这一问成为不少对中国粮食供给表示担忧者的经典之问。

但中国政府和人民，用事实向所有的唱衰者和担忧者给出了一份漂亮的答卷：我们用联产承包责任制解放了农民，探索出了农村土地所有权、承包权和经营权三权分置来进一步解放生产力；我们取消了公粮国税，建立了一套完整的农业补贴机制（包括粮食直补以及农资、农机、良种等四项补贴）；我们设立了18亿亩耕地红线；我们推动了农业科技创新，有一批掌握农业"芯片"核心技术的科学家，他们是袁隆平（杂交水稻）、李振声（杂交小麦）、李登海（杂交玉米）……2018年，我国粮食产量达到13158亿斤，人均占有量超过940斤，高于世界平均水平；我国蔬菜总产量、人均占有量连续多年稳居世界规模以上蔬菜生产国的第一位。中国人凭借着自己的勤劳和智慧，自己养活了自己，中国人的饭碗牢牢地端在我们自己手里。

与此同时，我们还为解决世界粮食问题贡献出"中国方案""中国技术"。从2006年起，中国成为仅次于美国和欧盟的世界第三大粮食援助捐赠体。近年来，中国在全球近100个国家和地区建立了农技示范中心、农技实验站和推广站，先后派遣农业专家数万人次，帮助他们培养了大批粮食技术人员，成为联合国粮农组织加强"南南合作"①的最大贡献者。

年近九旬的袁隆平日前接受采访，他最担忧的就是谷贱伤农。但恰恰去年早稻低价收购所产生的"寒蝉效应"，今年已经显现，我所在的上河口村早稻减种面积近四分之一，而有的村则更高，接近三分之一。对于今年全国性的早稻种植情况，我没有确切的数据。单纯从去产能、调结构的角度来讲，也许这是成功的。但晚稻和一季稻的增产能不能够弥补早稻面积减少所产生的缺额？会不会因此产生新一轮的粮食产能波动？还无从得知。

即便我国的水稻库存积压严重，并且也有比较确定的产能增长预

① 指发展中国家间的经济技术合作。

期，也可以有很多方法去库存：一是扩大出口。2018年，我国大米出口量仅214万吨，远低于大米进口量。二是开展救灾援助。据联合国2018年《世界粮食安全和营养状况》报告，2017年全球面临食物不足困境的人数达8.21亿。三是进行饲料加工……

但粮食这东西宁可百年有余，不可一日不足，毕竟我们需得时时提防"狼的偷袭"；毕竟一枝一叶总关情，农民种田不易；毕竟我国是一个14亿人口的大国，现在还有5.6亿农村人口，要让他们大多数都转移到城市，非一朝一夕所能成功，我们还需要在农村容纳尽量多的就业人口；毕竟一个没有一定人口基数做支撑的老龄化、空心化的乡村，支撑不起乡村振兴的重任。

又到早稻收割季，我们的早稻保护价是不是会高一点？是不是应该更高一点？

马蹄战"疫" ☀

2020 年 3 月 27 日初稿		
2020 年 5 月 10 日修改定稿	星期日	晴

"感谢融媒中心，感谢工作队，感谢志愿者……如果不是你们的帮助，我的马蹄卖不出去，至少要亏4万块钱，现在我的马蹄全部卖完了，不仅没亏，还赚了10万块钱（包括设备）。"上河口贫困户范有财泪光点点、结结巴巴地说完这些话，会场上响起了热烈的掌声，这是3月26日下午，在鼎城区"共克时艰 助力扶贫"农产销售和消费扶贫专题座谈会上发生的一幕。

疫情中 80 万斤马蹄滞销

2月25日下午，在常德疫情出现较大程度缓解之时，鼎城区委组织部主持召开"驻村帮扶工作推进会"，区委组织部要求各驻村帮扶工作队迅速开展"五个讲清"（讲清中央精神，讲清疫情现状，讲清防护知识，讲清复工复产重要性，讲清脱贫攻坚任务），扎实推进疫情防控和脱贫攻坚工作。2月26—27日，上河口驻村工作队迅速对所有建档立卡贫困户进行了入户走访或电话、微信沟通，落实相关工作。

2月27日，我和工作队员在走访贫困户范有财的时候，发现因为新冠肺炎疫情的影响，他的20多亩马蹄销售严重受阻，贩子进不来，他只好自己上午采挖，下午串乡叫卖，每天销个三五百斤。照此速度，至少要三个月才能卖完，而实际上最佳销售时间也就只剩20多天，错过了这个季节，就只能烂在地里。

经过进一步核实，上河口马蹄种植合作社（包括一些邻近村）还有210多亩共80多万斤马蹄滞销，情况十万火急。

我立马拍了视频，发了朋友圈，引起一些志愿者和相关单位关注：常德市经房物业管理有限责任公司董事长尹长春当即要求所有项目物业服务中心开展为小区业主代购马蹄服务；十美堂镇党委书记罗军初迅速安排职工展开采购和带货行动；工作队员曾伟马上与自己的工作单位鼎城区妇幼保健院联系，院领导和帮扶责任人高度重视，立即发动本单位工作人员组团采购。

上河口来了"扶贫助力团"

但我们知道，仅靠镇村两级和后盾单位，根本无法解决上河口马蹄整体销售问题，为此我与区融媒中心取得了联系，请求予以关注和支持。

3月1日，星期日，区融媒中心安排了三名记者前往上河口实地采访，以最快速度播出新闻。同时，联合相关部门，设立了由区委宣传部、区扶贫办、区文明办、区融媒中心四家单位联合发起的"鼎城区扶贫助力团"，开展网上订购、销售活动。3月5日，区融媒中心在上河口村开展"鼎城区扶贫助力团"第一场直播活动，直播期间，所有订购者按照农户卖出价格购买，运输费用由区融媒中心承担，"扶贫助力团"直播活动当日，社会各界发出的订单量超过3万斤。

一套宣传组合拳，引起了社会各界的广泛关注和热烈回应，不少企事业单位和志愿者前来采购：区融媒中心、后盾单位鼎城区妇幼保健院、常德八方救援志愿者累计代购12万多斤；镇残联理事长、敬老院院长鲁红菊带货2000斤；富民村妇女主任吴新萍销货1000斤；常德邮政通过"邮乐购"把马蹄销到了除湖北武汉以外的全国大部分省区市；合作社负责人詹少军借势把马蹄销到了岳阳、张家界和贵州，打通了全新的

贫困户范有财（右
一）给鼎城区融媒中心
赠送锦旗

销售通路。

截至4月29日，除少量不堪采挖的马蹄之外，整个上河口及临近村
的80多万斤马蹄全部销售一空。

"有财，我们都来帮你卖荸米"

此次马蹄战"疫"中，承担贫困户范有财的马蹄销售主攻任务的是
"常德市壹加壹爱心志愿者联盟"（下称"壹加壹"）。在3月8—15日
的8天时间里，他们共销售范有财的马蹄3.5万斤。

"壹加壹"是常德一个很有号召力、执行力和影响力的志愿者组
织，其成员分布在常德市各个行业、各个部门、各个小区。当他们从
"鼎级传媒"得知上河口马蹄滞销，正开展"有财，我们都来帮你卖荸
米"活动后，闻风而动，迅速在联盟群发出倡议，得到一众"铁粉"的
热烈响应：美郡家居老总刘红霞、志愿者蒯志刚、果市多老总杨立新、
与善堂堂主"空心菜"，为马蹄销售无偿提供了运输服务，还有不少志
愿者亲自驾车前往上河口，为自己小区的居民义务带货。

我无法还原"壹加壹"这场活动的细节和这些志愿者的足迹，只

知道在这一段日子里，有那么一群热心人，吆喝、收单、解释、搬运上货、派送分发，常常要忙到凌晨才能够休息，有时连饭都顾不上吃。他们的名字叫面包果、桔子、梦雪、兰兰、果果、查查、笑笑、小草……这些人我大多都没有见过面，但他们的名字，常常让我们感到这个世界的多彩、深情与美好。

"壹加壹"的"盟主"叫"戈多"，曾经是鼎城区一所乡镇中学的校长，在组织完范有财的马蹄销售这场活动之后，即前往西藏山南地区支教。"戈多"诗文俱佳，情深义重。很爱却又害怕读他的文字，我怕一不小心就走不出来。他的微信头像是他自己一个人背包远行的照片，他用文学作品中人类永远也等不到的亲人、希望、宿命或未来——戈多来做微信名，内心自然有一种浸人骨髓的孤独与落寞。也许他和他的团队用对农民兄弟"守望相助，共克时艰"的这份情义告诉我们，我们终

马蹄销售现场组图

将等到的戈多就应该是这样的。

一位七旬善德老人的坚守与坚持

3月17日，当上河口的马蹄销售高潮忽然退去，范有财发现自己还有4亩马蹄没人来收，很有点张皇无措。我打电话给丁银枝老师，请求支援，她当即表态竭尽全力帮忙。一个星期之后，范有财的马蹄全部销售完毕。

丁银枝是鼎城区"善德公民"，周家店镇人，随丈夫进城定居20多年了，但一直惦念着家乡，不遗余力地为父老乡亲做好事，是出了名的"大好人"。因为她爱人是老师，所以不少人也喊她丁老师。她从镇残联理事长、敬老院院长鲁红菊的微信里看到范有财荸荠滞销的消息，自告奋勇地表示要尽点绵力，并当即联系好了一个超市老板和一些小区居民，说是要给他们卖上河口贫困户范有财的荸荠，结果车到上河口，范有财却不能给她供一粒荸荠，因为鼎城融媒一宣传，范有财一时间成了网红，荸荠供不应求，整个上河口也都供不了货。这让丁老师觉得很丢脸，因为有些人说她"吹泡泡"。

常德市委书记周德睿（最上图右四）在上河口村调研消费扶贫和产业发展情况

155

丁老师有些不服气，请鲁红菊带她到邻近村去找，看有没有合适的主。这一找还真找着了。荷包湖村曾腊生爱人患癌去世，自己又中了风，种的几亩马蹄销不出去，在家里急得直跳脚；还有一对残疾夫妇，一样的也卖不出去。丁老师宽慰他们："您别急，我来帮你们慢慢销。"

丁老师劝别人别急，其实她心里很急，她说她看不得那些遭孽的人，这份善念是她遭遇质疑和困难时仍然风雨兼程的精神支撑。销售过程中有些市场和小区不让进，她会说，我这是卖的"扶贫荸荠"哩；她会拿出镇里扶贫办的证明作为"尚方宝剑"，求得别人的理解和支持；有不少爱心人士被她打动，禁不住主动帮忙吆喝。

丁老师今年70岁，之前腿又受过伤，我很担心她身体吃不消，反复给她讲：能销多少是多少，千万不要霸蛮。但让她不霸蛮是做不到的，那么多马蹄要销出去，压力是摆着的。她每天城里和上河口两头跑，有时一天两趟，顺利的时候天杀黑①会回家，遇到销路不畅或者是天气不好，晚上八九点回家是常有的事。很多身强力壮的年轻人都吃不消啊！但就是她，从3月9日到4月12日，35天时间里，一股脑扎进上河口，销了东家销西家，先后为曾腊生、杨建华、范有财、文际坤等5个农户销售马蹄近9万斤，是所有志愿者中坚持时间最长、销售马蹄最多的一位。

这里，我们要向您表示最深切的谢意和敬意，丁老师，您辛苦了！

最是走心帮扶人

对于后盾单位鼎城区妇幼保健院结对帮扶责任人颜林香，我总觉得欠她一分人情。她结对帮扶的一对母女，妈妈身患癌症，女儿是精神疾患者，妈妈很想自己的女儿能够得到比较好的治疗，但有些费用又不

---

① 方言，指天刚黑的时候。

在报销范围之内，妈妈很有点为难。颜林香得知后，为她搞了一个水滴筹，基本解决了问题。这故事在我的民情日记里却没有体现。

但不曾想，这次马蹄滞销的范有财也是她的帮扶对象，而她的答卷同样精彩而亮眼。因为有院里免费提供运输车辆的后勤保障，那段时间，很少玩微信的颜林香每天铆足了劲，不停地发朋友圈，就为多销一点荸荠。从自家医院到市第四人民医院，再到市第一人民医院；从单位兄弟姐妹到退休职工，再到职工家属；从政府部门到桥南市场，再到居民小区，她的网撒了一个遍。遍地撒网的成绩单，是4万斤马蹄的销售额（特别说明：这并不全部是范有财的马蹄，其中不少订单分流到了上河口其他马蹄种植户）。

颜林香是区妇幼保健院的儿科护士长，很敬业。她所在的科室，曾被评为"常德市优质护理服务表现突出科室"。"这次销荸荠有没有影响你的工作？你是怎样做到两者兼顾的？"我问。"因为疫情期间，住院的人较少，相对而言，有一些空闲时间，否则我还真的帮不上这么大的忙。"她坦承。

篇幅所限，我无法将所有的政府部门、企事业单位特别是一些爱心人士、志愿者、义工的故事一一呈现，包括我的老领导、自掏腰包购买荸荠送给抗疫一线工作人员的杨友莲；包括那些不辞辛劳来上河口打卡的草根网红；包括自己请车，一天就贴了近千块钱的赵宜菊女士；包括满怀侠义心肠的"八方救援"队长徐威；包括为搭建邮政通道而五上上河口的常德邮政小妹子高敏；包括仅有一面之缘，现在却不时地为我的扶贫工作提供信息服务的"老莫"……在此，我们谨向你们特别致歉，并深表谢忱！

因为采挖、清洗、分拣、包装、配送等环节的匆忙和疏忽，难免服务不周、品质参差不齐，但广大消费者给予了充分的理解和包容，在此我们要向你们表达诚挚的谢意、由衷的敬意和深深的歉意！

注：据上河口马蹄种植专业合作社负责人詹少军介绍，这场战"疫"，最大限度地减少了马蹄种植户的损失，他们或多或少都赚了钱，个别户赚得比往年还要多，同时也为上河口及周边村民创造了60多万元的务工收入，这是这场战"疫"最大的功德所在。对此，我们始终心怀感恩。

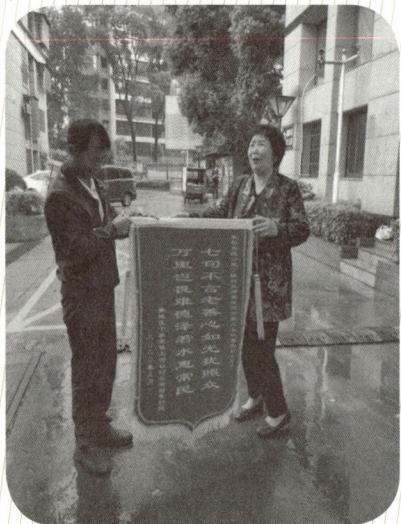

上河口马蹄种植户赠送锦旗表达谢意

给孩子一片童话世界 ☀/☁

| 2017 年 9 月 18 日 | 星期一 | 晴转阴 |

　　因为弄错了孙卓的年龄，之前给他送的书，他根本还读不了。今天第二次给他送书，有彩图加拼音版的《神笔马良》《柳林风声》《捣蛋鬼日记》之类。他喜欢有关恐龙的书籍，各式各样的大概有十来本，他最初的识字，大多由此而来。但我没有给他买恐龙的书，我想给他一片童话世界。

　　没有童话的童年，是让人遗憾和忧伤的。

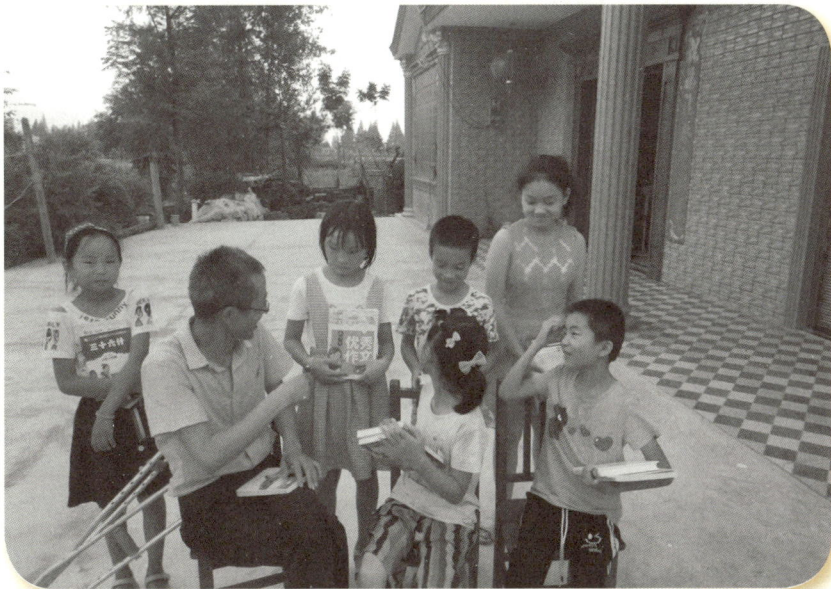

给上河口的孩子们送书

我的童年几乎与童话绝缘。我的祖父母、父母辈其实有不少人是"故事篓子"。但那时集体生产，一大清早，队长一声吆喝就得出工（假定你想得早工分的话），下午收工很迟，晚饭常常是在夜里进行，我们干脆把它叫做夜饭。夜饭夜饭，点灯吃饭。吃完夜饭了，就要睡觉了，父母大人哪里还有时间和心情给你讲故事呢。很多年以后，在我读北京师范大学汉语言文学函授本科，要就民间故事做一篇作业时，曾经听过一个叔伯婶娘讲过半天"白话"①，那感受就如第一次吃蜂蜜、喝醪糟，永生难忘。

家里没有一本童话甚至文学书籍。但我有一个爱看书的幺佬儿②。

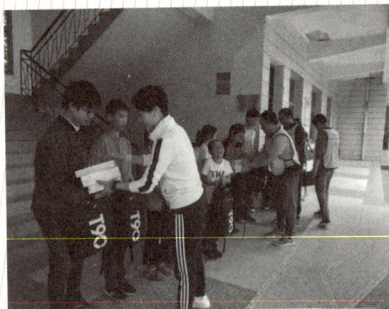

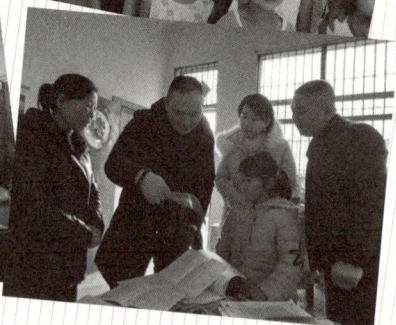

社会各界关注上河口留守儿童教育

① 讲"白话"即说故事。
② 方言，指幺叔叔。

说他看书，倒不如说他是唱书、吟书。他常常花几个月的时间去读一本书，《烈火金刚》《林海雪原》之类。歇工间隙，他便拖长了声调，抑扬顿挫地一字一句吟诵。听得出，他很享受里面的故事，也很陶醉于自己的声音。我想那书中该是一个多么神妙的世界。但他的那些书，我是怎么也找不到的，他把它们藏得很严很严。

不过，终究有一本书，让我抓住了童年的尾巴。那是我刚读初一的时候，家里突然冒出一本没有封皮的书，我不知道它叫什么名字，应该是一本中国民间故事集。什么淌来儿、棕树和槐树交朋友、地主和农民分庄稼之类，充满智慧和哲理。最让人难忘的故事是，一个村庄遭受干旱的折磨，一位青年为了寻找水源，同堵住泉口的恶龙进行殊死的搏斗，抢到了龙嘴里的夜明珠，这颗夜明珠，就是泉水的源泉。小伙子不顾夜明珠的寒透骨髓，把它含在嘴里。小伙子冻死了，而清澈的泉水从他嘴里汩汩而出，流遍了家乡的田野。从那时起，我心中便有一种英雄的情结。

我的性格内向，不善言辞，在同学中是谈不上什么号召力的。但就在那一段时间，步行七八里山路上学的时候，我的身后总跟着一大群小伙伴，听我讲那些愚人的智慧和英雄的传奇。有一天回家，这本书突然不见了，问父母，说是人家的，别人拿走了。这件事，发生在那一年的深秋，就在这个季节，我满了12岁，童年就此结束。第二年，恢复高考，我也由此加入了高考备战的大军。所有的童话，离我远去。但那本故事书，给我的童年涂抹上了一道永不磨灭的亮色。

这些关于故事、童话、书籍的记忆，让我特别珍惜一个孩子的童年。

来这个村，我已经给7个小学生送过书。除了极个别的小朋友，几乎无一例外的都是童话故事，我不想让他们过早地进入成人世界。这些孩子对这些书籍的喜爱，证明了我决策的正确。但有两个孩子让我高兴不起来，一个孩子自始至终没说过一句话。另外一个孩子木呆呆地拿起了书，脸上看不到一丝喜悦的神色，眉宇间总有一种与孩子不相称的忧郁。我不知道是因为缺乏亲情的陪伴，还是睡眠的不足，再或者是家长给的学习压力太大。他的家境并不是特别的差，但童年好像早已结束。

孩子，读书才有你的未来 ☀

2018 年 8 月 15—19 日草拟		
2018 年 8 月 19 日定稿	星期日	晴

进入7月，我在上河口最大的工作主题就是"劝学"。

每周一的早晨，我会匆匆地乘网约车到桥南书市去"淘宝"（周末的时候，如果爱人不在家，我也会打网约车去桥南，跑跑书市以及开心书店，提前备货），再匆匆地乘车到五岔，将我所淘到的宝贝转到经过

送书现场（一）

上河口的常德—西湖班车上。在周五下午回城之前的这一段时间里，我会找人利用晚饭后的空闲，用安全一些的女式电动摩托车驮着书和我，走村串户，分期分批地送给上河口的孩子们。

这些日子，我常常感到腿脚的不便，但我无法停下自己的脚步。我觉得，暑假是村里孩子最不应耽搁的好时光，因为我知道，没有比教育更好的投资，没有比"悦读"更好的芳华。

"巨婴症""手机鸦片"

让我感到时不我待并下定决心立即行动的，是"巨婴症"导致的贫穷和"手机鸦片"对孩子特别是留守儿童的戕害。

我曾经对一个贫困户家庭在外务工的小伙子进行过电话访问。小伙子28岁了，说话声音很阳光。他家庭条件很不好，外出务工已经8年，但从来没给家里寄过一分钱。一直到26岁以前，每年还要想办法从家里刮一点。问原因，工资低呀，每个月就是一两千块钱，除去租房、生活费，所剩无几。如果在外面吃两次消夜，或者是朋友聚会，肯定入不敷出的。我大为惊讶，因为老家的兄弟姐妹在外务工的，再不堪每个月都是三四千块钱。我问："你不能找一点工资高的事情干？"他说："我就一个小学文化，能找什么事干呢？再说这里相对比较轻松，每个月还有几天休息时间，我想，就在这里干吧。"谈及未来、责任和成家立业，他的声音便小了下来："我也想啊，但不敢想啊。"

放下电话，心里突然冒出一个词——"巨婴症"。这个小伙子还没长大啊。

知识的匮乏，导致劳动力的廉价；生存的压力，导致信心和责任的缺失。本该承担家庭重责的栋梁，却成了长不大的"巨婴"。在这里，我没有任何指责的意思，仅仅只是呈现生活的真相。因为低学历的贫困家庭，要发展，必须付出比别人更多的艰辛和努力。知识的价值，以最为具体而残酷的方式向我们呈现。

在乡村，还有不少另一类"巨婴"。他们大多是留守儿童，由爷爷奶奶、外公外婆带大。不知哪一天，他们陷进了网吧，就再也走不出来。十七八岁、二十岁，甚至更大，仍然吃在网吧，睡在网吧；假定家里条件好，就用一台电脑来游戏与抖音，"目不窥园，足不下楼""恒兀兀以穷年"。他们面色苍白，身形瘦削，对身边所有的人和事都了无意趣，兴味索然，与此相应，任何人也无法走进他们的内心世界。

而现在，一部手机就足以毁掉一个孩子。相对而言，手机游戏比网吧辐射面更广，渗透力更强，危害性更大。刚放暑假，我就亲眼看见手机游戏对乡村孩子的魔力：一个瘦瘦高高的男孩子在村部服务大厅门口岔开双腿，席地而坐，拿着手机在聚精会神地玩游戏，很快他左右便各有一个稍矮的小朋友聚集起来，斜坐身子，一手支地，脑袋偏向手机屏幕，整个形成一个稳定的三角形。左侧的小女孩目光清澈明媚，宛然可爱；右侧的男孩是个小胖子，有些营养过剩，但显得很结实。在我观察的近5分钟时间里，除了游戏者的手在动以外，他们始终保持着同一个姿势，目不转睛，一动不动。我不知道他们玩（看）的是什么游戏，但它的吸引力，与我们小时候看小人书的场景，毫无二致。但愿这个游戏是他们今后人生旅程中最美好的记忆。但在随后同村民的聊天中，我了解到，有些孩子整天都沉迷在游戏之中，不看书，不学习，也不劳动。我心中隐隐生出一份担忧：这些可爱的孩子会不会成为下一批"巨婴症"患者？我必须有所行动。

劳动、感恩、阅读，一样都不能少

考虑到村里的实际，我觉得唯一能做的，是给孩子们送书，再就是送一些话，"劝勤""劝善""劝学"。

"生活要有仪式感，才会更有幸福感！"这是网上流行的一句话。每次送书，无论条件怎样简陋，我都会把孩子们组织起来，举行一个简单的仪式。

　　我常常会问孩子们三句话："暑假在家里做事了吗？""对你的爸爸妈妈、爷爷奶奶、外公外婆，说过感谢的话吗？""在家里读书了吗？"我觉得，勤劳的孩子，人生不会太困；懂得感恩的孩子，品质不会太坏；爱好读书（当然是好书）的孩子，心胸不会太窄。同时具备这三种习惯，幸福离他（她）不会太远。

　　那天，在给一对兄妹送书的时候，他们刚好不在家，为此我一直心心念念放不下。他们家里有四口人，爸爸、奶奶还有两兄妹。奶奶70多岁了，患有风湿性关节炎等多种疾病，行步艰难；爸爸几年前患癌症，稍好一点，便在外务工，做一些轻松一点的工作；两兄妹寄宿在学校，周末都是和奶奶在一起生活。我去过他们家几次，除了奶奶之外，其他的人都"不曾"见面。

　　第二天，村里刚好到他们那个组有事，我决定顺便去看看。凑巧，爸爸和两兄妹全部在家。回程的时候，我对两兄妹的爸爸说："既然都在家，你就带他们到村部去，我送几本书吧。"到村部一询问，我才发现，两兄妹还读了不少书，但都不爱说话，一问一答，拘谨、羞涩，还有一种隐隐的忧郁。哥哥那种忧郁的眼神，我似乎在哪里见过，我思虑良久，突然想起，是的，见过的。那还是6月初，白狼文化、常德旗袍协会、祖亮慈善基金会在黄珠洲中学组织捐书助学活动，哥哥曾经领过书。那天，我很想拍一张阳光、喜庆一点的照片，有一个男孩个子高一点，比较打眼，但他神情中总有一种忧愁，始终难得一笑。现在我终于明白是为什么了。

　　我决定调整一下气氛，让沟通变得轻松一些。于是夸一夸他们的帅气和靓丽，赞一赞他们的勤奋与好学，再询问一下生活、学习情况。得知他们在家里很懂事，洗衣、扫地、做饭什么都干，我很感动。我问他们："对爸爸和奶奶说过感谢的话没有？"他们不好意思地回答："没有。"我说："要说出来，因为爱是不能等待的。"

　　中国人比较含蓄，很难把对亲人的爱说出口（恋爱除外），但我告诉兄妹俩，爸爸和奶奶很不容易，你们一定要对你的奶奶和爸爸说："你们辛苦了！你们一定要健康长寿，等我们长大，我们再报恩。"

临走的时候，我告诉他们父子三人，今后无论怎样艰难，爸爸一定要送孩子读书，兄妹俩一定要读书，因为只有这样，幸福，才会离他们不太远。

每一个梦想都值得尊重，但是，孩子，读书才有你想要的未来

孩子多梦。在送书现场，我会问问孩子未来的梦想。

很感慨孩子们梦想的五彩缤纷："当明星"，这是一个明眸皓齿的小美女；"搞摄影"，这是一个文静内秀的高二女孩；"当探险家"，这是一个正襟危坐的小男孩，他始终笔挺着身子，目光坚毅，显示出他对这份梦想的钟爱与执着；"当兵"，不再是男孩子的专享，因为上河口出了一个海军舰艇女兵，英姿飒爽的模样，便将不少少女的梦里渲染了一份湛蓝色……

很感动一个女孩的姐妹深情。这个女孩有一个妹妹，患有先天性脑瘫。我与她们第一次见面是在村部，爷爷奶奶带着来的。妹妹天真无邪，一双眼睛富有灵气，如果不是面部痉挛和走路画圈，根本看不出是个脑瘫儿。姐姐容貌清秀，但眉眼间总有一种挥不去的伤感情绪。我问爷爷奶奶，姐姐为什么这么不开心？奶奶指着妹妹说："她心里装着她呢。"因为妹妹的缘故，整个家庭陷于困顿：妈妈陪护妹妹在特殊学校就读，爸爸在外务工，拼命挣钱养家。为减轻家庭负担，姐姐寄居在外婆家读书，只有在寒暑假，才同妹妹一起回上河口，与爷爷奶奶在一起待一段时间。我问姐姐："长大了准备干什么呢？"她说："想当医生。""为什么？""因为这样可以照顾妹妹。"瞬间，我禁不住泪眼模糊。我一口气给姐姐找了五本书：《爱的教育》《绿山墙的安妮》……我说："有梦想，爱妹妹，好哇。从现在起，就要为这个梦想

做准备。不要急，从容、淡定、沉着，每天进步一点点，你能行的，祝你梦想成真！"

孩子不会设防，也很少会为讨别人的欢心而进行精心的算计。有些孩子在谈及未来的梦想的时候，他们的坦诚和直白，常常让我尴尬不已，或者引得周围的人哄堂大笑。

"不知道""没想过哎""还没想好"，或者是一片难堪的沉默，这是我经常遇到的情况。但我并不以为憾，因为孩子小小的心灵，还不足以设计和规划自己的人生。虽然与在娘肚子里就开始规划人生的城里孩子相比，他们输在了起跑线上，但我认为，在很多方面，野蛮生长有着难以比拟的后发优势。再说，在他们这个年龄，我们又曾有多少伟大的梦想？当时，我最大的愿望，不过就是餐餐吃饱饭，餐餐有肉吃。

不过，当"吃饭、睡觉，睡觉、吃饭""打游戏"这一类答案出现的时候，我还是感到有些吃惊，围观的爷爷奶奶、爸爸妈妈更是一片讪笑。那个"吃饭、睡觉，睡觉、吃饭"的孩子，长相俊秀，神情机灵中带点狡黠，但特殊的家庭环境，滋养了一种流气，让我很是神伤。但后来选书的时候，他的选择却让我不禁刮目相看，他首先相中的就是我特别看重的几本科普书，这又给了我一丝安慰。而那个"打游戏"的孩子，他的目的是"赚很多的钱"，这也算不得不高尚，因为这是一个现代人生存的必备条件。问题是，这个小男孩身形瘦小、耸肩缩背、神情懒散，很明显，游戏正日复一日地吞噬着他的生气、朝气和意气，他将用什么来支撑他的梦想？

所有的梦想中最被人瞧不起的是"当农民"。在相当长一段时间里，因为它的高投入、低回报，高风险、低保障，几乎成了整个农民群体自轻和自贱的职业选择。他们在教育孩子的时候，总是不断重复一句格言："再不努力读书，将来就只有修地球和打工了。"这是一种退无可退的选择，所以当一个稍稍大一点又不大爱读书的孩子说出"我想当农民"的时候，自然招致一片哄笑。对于农民，因为我出身农村，因而

送书现场（二）

对他们有一种特殊的情感，所以我丝毫不觉得这个孩子应该为这个理想而感到难为情。但我要说的是，农业的资本化、规模化、现代化，是一个不可阻挡的历史潮流。当农民，同样需要知识和文化。知识型、创新型的农民才有未来。

每一个梦想都值得尊重。

但是，孩子，读书才有你想要的未来。

我深信，这些灿然可爱的孩子和少年，因为"悦读"和感恩，因为勤奋和善良，有一天，他们会成为诗人、将军、老师、工程师、科学家、企业家……会成为乡村振兴、民族复兴的逐梦者、建设者和见证人，他们内心宁静而强大，事业丰盈而圆满，人生炫丽而多姿。

击鼓传花，只为延续书香

2019 年 1 月 28 日定稿	星期一	阴

当我费了三个多小时，在三箱精美的书刊上盖完印章的时候，我觉得我在形式上完成了对一群高尚灵魂的叩拜。

书刊的主人叫杨志伟，曾担任过13年的石门县中医院院长，连续两次因公遭遇车祸，因难以正常履职而主动辞去职务。

我与杨院长素未谋面，到今天我们仍然只是在微信和电话中有过一些沟通。对他的情况的了解，主要是通过我的大学同学唐芳萍的介绍，以及他对我的民情日记的点评。他给我的印象是专业精湛、儒雅博学、胸怀宽广、热心公益，是一个有故事有情怀的人，每有言论，常常直抵人心。

我与杨院长结缘，是因为一篇民情日记《孩子，读书才有你的未来》。这篇日记刊发以后，不少人转发或留言。芳萍把它转发到了她的高中同学群和学生群里面，并提议为上河口的留守儿童捐一点书刊。

芳萍同学，是我大学同学里面的女才子，身材高挑，秀外慧中，令许多男生暗生情愫而又自惭形秽。大学毕业后在湘北职专任教，把语文教成了一门艺术，很快成为石门县语文学科带头人。更让人钦仰的是，她半生坎坷，一身坚强。1998年澧水爆发大洪水，导致整个石门县城被淹，她因为一支防疫针感染神经系统，患上重症肌无力。按照医学统计，此病患者平均存活时间不超过7年，而她却还坚强地在讲台上站了6年，而且年年都是教高三语文。在生命即将窒息的时刻，才被迫离开讲台，但仍然在学校从事心理健康工作12年。她不停地与人生的各种不幸作斗争，同时扮演女儿、儿子、妈妈、爸爸、心理辅导员等各种角色，撑起了一个家，活成了一束光，照亮了许多家庭和学生黑暗的人生。在不少同学、同事、学生、家长、医生和社会人士的心中，她的一生就是一个传奇。她的话，自然具有无可置疑的号召力。

杨志伟是芳萍老师的高中同学，一生爱书，坐拥万卷。两场车祸，让他脑力目力衰减，已然不能长时间阅读。如何让这些书刊有个比较好的归宿，是他一直考量的问题。把它捐给缺书、爱书的人无疑是最好的选择。芳萍的提议，让杨院长兴奋非常，当即给远在长沙的芳萍同学打电话表示积极响应，并从自己的书架中清理了满满三箱书刊，多次催促芳萍同学安排取书事宜。

而我因为腿脚的问题，前往提取确实有许多不便。芳萍同学总是那么善解人意，她克服诸多困难，在长沙遥控指挥，安排她在常德工作的学生谯吉明接送书刊到常德。而谯吉明又只有国庆节才有时间，偏偏杨院长国庆要出门。于是，芳萍老师的另外两名学生覃清云、彭勇又主动前往，提前提取书刊先行保管，再转交谯吉明带往常德，放在我与芳萍的大学同学罗余平所在单位门卫那里……

一本书牵动两位大学同学，石门、长沙、常德三地和芳萍的三位学生。这番动人心怀的爱心接力，让我特别珍惜这些书刊，我请人专门设计了一枚印章，再请桥南市场的老同事陈栋找店家刻好。印章中间是一幅大手牵小手的爱心形象，爱心上方刻着"上河口留守儿童之家珍藏"半圆弧形文字，下方横书"杨志伟捐赠"。我希望上河口的留守儿童以及所有的阅读者，能记住这一份美好情意。

当我给陈栋这枚印章刻章费用的时候，他坚决不要，他说："这也算一份爱心吧。"

你自真心真情，我当感恩戴德。在此，我谨代表上河口所有的学生、留守儿童和家长，向你们表示真诚的感谢！

捐赠书刊品类丰富，涵盖文学、历史、地理、童话、漫画、教辅等方面，美轮美奂，让人爱不释手

在你面前，我的语言已然苍白 ☼

——上河口留守儿童教育基金募捐纪事之一

2019 年 7 月 28 日晚定稿	星期日	晴

　　上河口留守儿童教育基金募捐倡议发出后，得到了社会各界及上河口优秀儿女和社会贤达很好的回应，但我的文章却无从下笔。留守儿童之家要长期维持正常运转，基金是其最基础的资金来源，而这种来源应该是由上河口走出去的优秀儿女和上河口的社会贤达来负责的，他们目前已经作出了积极回应。今年暑期的高考奖励和留守儿童等困难群体的慰问，也将由这部分人来担纲。村里村外，宾主之间，先写谁，我有点犯难。最终我决定把这篇文章的"上席"让给那些尊贵的客人。

致敬！那些
吃着野藠（jiào）腌菜稀饭的山里打工仔

　　倡议书发出以后，我很担心冷场，如果那样，将是一件很尴尬的事。冒冒失失地挨个"敲门"去"化缘"，往往"扰民"又伤己，但又不能等着别人上门，要找一个万全之策，这尺度最难拿捏。

　　我隐隐约约地想起，好像我哪篇民情日记后面，有一段读者留言：想给姚书记帮点忙，不知怎么联系。当时看那微信名，很不熟悉，又不知道从哪里查起，只好搁下。这次我抱着尝试的心态，找我的一个号称"电脑"的学生戴必华（他记得住几百个人的电话号码，他的同学无一漏网）打听，没想到这个学生立马报出了微信号主的大名：曹卫明，也

175

是我的学生。他告诉我，卫明在厦门打工，热心公益，但家境并不宽裕。我说，那就算了。他不太肯定地回答，我还是给你联系一下吧。

当天晚上，曹卫明加了我的微信。从聊天中我知道他现在家庭负担仍然很重，收入也并不很高，但看准了的公益慈善会努力去做，一年之中，常常多次组织或参与此类活动。我当即遵照办理。很快，他就回了信，说帮我试试。哪知当天晚上，他就募集了2000多元，截至第二天中午就超过了募捐目标，达1.3万元。

我很惊讶他的组织能力和号召力，便问他用了什么高招，他说微信一分享，遇到点赞的人，电话就打过去："点赞是要付费的哦，多少表示点！"他戏谑地称之为"史上最贵点赞"。我问他这些人是不是一些做慈善的同道，他说："不是，就是自己的老乡，都是一些打工仔。"

到这时，我才发现我中了他的"道"，我很惶愧。他说："除了爱心人士以及真正的慈善家，只有打工仔才会深切感受到留守儿童的苦，才会这么爽快地捐钱。"我一时语塞，想想也许他们自己的孩子就是留守儿童，也许他们的父母家人钱都不够用，也许他们身有病痛都舍不得花钱……我感觉自己有点下不来台，但反念一想，事已至此，就郑重接受他们的深情厚谊吧。唯愿他们的父母家人安好，唯愿他们的孩子都能得到社会各界的关注和关爱，健康成长！

当天晚餐时分，曹卫明给我发了一张照片，一碗稀饭、一碗水煮豆角、一碟家乡的野葛腌菜，这就是他的晚餐。他告诉我，中午在厂里忙不过来，就是一碗方便面对付。我说这样不行，他说好多年了，一直都这样，身体还不错。有钱省下来做些慈善，心安也就体健。

这一众捐款者除了戴必华、杜勇军、赵美锋等是我的高中学生外，大多是卫明的家人和亲朋好友，其中不少是慈利县三官寺人。赵美锋情况有点特殊，她老家在赵家岗，个头不太高，皮肤白皙，文静内秀，单眼皮，眼睛有点美美的小眼袋。但毕业后就一直音讯杳然，知晓她的信息已是20多年之后，她已远嫁台湾（因务工与老公结缘），小家庭很幸福。三官寺、赵家岗均离张家界天子山不远。天子山，因土家族向王天子造反而得名，这里民风彪悍，淳朴刚毅，敢爱敢恨，至今古风犹存。

时隔 30 多年的感恩回馈

在曹卫明捐过来的善款中，最大的一笔是4000块钱，捐款者曹世勇，同样是我的高中学生。曹世勇一开始时的语文成绩，特别是作文，不怎么理想，但高考时语文居然还帮了忙，他说他对语文的兴趣就是在我手上提起来的。

想想那时候我有什么高招呢？方法有点笨，不过就是坚持和付出：每天一定给学生读报，每两周一定布置一篇作文，每篇作文一定讲评。每个学生的每一篇文章只要有一句精彩的（像"我们吹着喇叭花走进夏天"之类），我一定点赞，最优秀的作文我一定用钢板工工整整地把它刻出来，奇文共欣赏……在教室的后面，有一个阅读栏，上书一副对联："仰以察古俯以观今　醒则忧滞梦则思变"（这在现在看来，或许有人觉得有点扯，但那时的我们就觉得这应该是一代青年的担当），里面张贴着学生的优秀作文以及各类阅读材料……

曹世勇说，从那时起，他就养成了关注国家大事和国际风云的习惯，特别是报纸社论和各类评论，日日必读，一直到大学、到读研都始终坚持。尽管他学的是理科，但最终工作中作用最大的恰恰是他的语文功底，现在每一天的工作都离不开它。而今天这笔捐款，算是他对30多年前我们相遇的一种感恩和回报。

世勇是个苦孩子，3岁多就没了爹；初二时，妈妈瘫痪在床；哥哥本来以优异成绩选拔到慈利二中初中部，因家境实在太过艰难，心事太重，便中途辍学在家，成为供养一家六口的主劳力，同时挣钱供养世勇读书。世勇考上大学，哥哥难以承担昂贵的学费，幸得一些亲朋好友的资助，得以完成学业。"从此，感恩，伴随着我的人生的每一步。"世勇说。

上河口留守儿童教育基金募捐公示榜

鼎城区十美堂镇上河口村民委员会　　　　　　　　　　2019年7月28日

类别	姓名	善款额（元）	姓名	善款额（元）	总计（元）
曹卫明转来捐款	曹德胜	168	施大杰	500	
	曹世雷	200	唐华锋	100	
	曹世猛	200	唐锦秀	500	
	曹世勇	4000	王树涛	500	
	曹卫明	314	谢玲涛	500	
	陈瑞月	168	杨逢全	500	
	陈志高	200	尤玉珊	50	
	戴必华	500	赵美锋	500	
	杜勇军	500	郑淑娟	2000	
	李海银	800	朱　杰	500	
	阮定仁	300			
小计		7350		5650	13000
其他个人捐资	熊光明	500	孙小红	300	
	姚高峰	500			
小计		1000		300	1300
合计		8350		5950	14300

不能忘记的一、二、三

　　《上河口留守儿童教育基金募捐倡议书》发出以后，我所收到的第一笔捐款，来自上河口村外出务工青年孙小红。这几乎没有悬念，因为他是我的"铁粉"，也因为他不想村里的小朋友像他一样留下一个没能读大学的遗憾。同时，他还是我第一篇公开发布的民情日记《上河口的早晨》未出镜的主角，也是上河口第一个村民组织群"上河口种养殖群"的组建者和群主。本来他高中成绩不错，因高考失利，未能考上大学，但只要复读，考个好大学没有任何问题。但因为家里姊妹多，他便把梦想埋在心底，加入了南下打工的洪流，并独力攒钱为家里修了一栋房子。在2017年下半年至2018年初，他曾在家里待过一段时间，想回来发展，但各种开支远远超出他的预期，又因为38岁了，个人问题还没有解决，只好再次离开家乡，为此我曾经感叹过好长一段时间。

我总觉得，他的性格太过实诚，很担心他找不到女朋友。因为他曾经告诉我，有比较开放的女孩子曾向他主动表白，他有点懵，觉得怎么能够女孩子先表白呢？居然拒绝了。从内心里讲，我对他的这种纯粹、可靠是赞赏的，但我心里又难免嘀咕，这年代你还这样老实、这样老观念，不打光棍才怪呢。不过，就在几个月前，他突然告诉我，他已找到他的另一半，国庆节就要结婚，路子嘛，当然是媒妁之言。但这速度真有点大出我的意料，也许正应了农村里的一席土话：婚姻未动，再急也白急；姻缘到了，那就是水到渠成的事。我这里先送上满满的祝福吧！

第二笔钱是我的大学同学熊光明女士所捐。上大学时，她和她老公家里我都去过，大学毕业后，有一段时间联系比较紧密。她不仅人靓，而且性格开朗，心地善良，一如她的名字一般给人光明。她写得一手好文章，曾在《长沙晚报》发过作品，班上"粉丝"不少。我因为村里工作忙，难得有时间去一一关注和点赞，但她对我这里的关注，几乎从来没有缺席。她的作品主要写乡土，写家乡的小人物和"大人物"，写常德皇木关一带的风土人情，是一幅乡村风俗画，又是一部地方风物志。有同学建议我按照光明的模式，去写一写上河口单独的个体，写一写村干部的奉献和付出，写一写自立自强的贫困户，写一写带领老百姓脱贫致富的典型，写他们的创业、他们的奋斗。这是很好的提议，但现在我还真的无法完成这份作业，当然，以后肯定会有的。

第三个对我的募捐倡议给予热切回应的是阿雅，不过不是捐款，而是"一对一"的帮扶提议，这是我没料到的意外之喜。阿雅，也是我的大学同学，当时在班上她是一个美丽的存在，从容、澄澈、从不张扬，一如春花照水，给人心灵的宁静；走路永远轻柔和缓，文学作品里的莲步轻移，大概就是这个样子吧。现在她已经退休，但仍然在一所学校发挥余热，想想在这个浮躁的世界，她的学生有福了。

最深不过桑梓情

在我决定向上河口在外的优秀儿女"化缘"之前，我们的村干部多少有一些犹豫。"这些优秀儿女在外打拼不易，我们以前对他们有一句交代，今后村里除了架桥修路以外，绝不给他们添一点负担。"但我想这事总得有人做，总得有个开头，再说没走出去，不尝试，又怎么知道不行呢？

我首先找了村里的一名区政协委员、做水产生意的杨国清，他立即在电话里给了我肯定的答复，但他实在太忙，面谈是一约再约。后来我们在桥南一条马路边见面，时间不到10分钟，听了我的设想之后，他很爽快："这是功德无量的大好事啊，今年高考学生的奖励资金，我会邀一些人一起解决，同时请村里将一些家境困难的留守儿童录一个名单，我们看能不能给一些力所能及的帮助。原介福优秀儿女你能拜会最好，不能拜会的我解释一下，应该不会太为难。"

按照杨国清的指点，我先后拜会了上河口原介福片区优秀儿女柳六顺、王腊前等，都是可亲可敬之人。他们的事业算不上大，但心胸都足够宽阔："下一代的事，再难我们都会支持一点。"

王腊前的工厂，厂区环境优雅，干净整洁，但当我坐到老总办公室时，发现里面的设施相当简陋，那天光线暗淡，居然连电灯都没开。他告诉我，他所在的豆奶行业，近年市场萎缩得厉害，他做得还算平稳，但感觉还是有些吃力。

我写的这些，看来有些闲，但并非闲话，只是想借此告诉将要受到资助和奖励的上河口的孩子们，他们所得到的一切，并非理所当然。心怀感恩，回馈家乡和社会，是他们一生应有的姿态。

在原上河口片区，有一个组，近年一直有一个习惯：每年春节，文际宏、李汉明等优秀儿女及年轻后辈，一定要对70岁以上的老人集体看望慰问。对于留守儿童之家的建设，文际宏表示："虽然我们能力有限，但只要村里组织，只要德喜支书一声召唤，我们立马前驱。"

最后我要特别说一句，我无法在这篇文章中将上河口所有在外优秀儿女和社会贤达的承诺一一展现，只能留待下一篇去写；同时也因各种原因，我没能一一拜会或向他们亲自致电，特此致歉！

桥南市场非公党支部志愿者在上河口开展结对帮扶对象暑期走访慰问

有一条河流叫乡情☔

——上河口留守儿童教育基金募捐纪事之二

2019 年 11 月 9—15 日断断续续初稿		
2019 年 11 月 16—17 日定稿	星期六、日	小雨

8月1日，当上河口优秀儿女乐建迪将"上河乡音"群改为"上河口入口河上"的时候，我很为他的才华折服。这个群名画面雄阔，意蕴悠长。它不仅连接着上河口的前世今生，诉说着上河口的沧海桑田，饱含着上河儿女的深情回望，更浓缩着家乡儿女的无限期许：一个村庄与一条河流相通，便有了通江达海的可能和未来。

梦想照亮前程，乡音凝聚乡情。自6月18日《上河口留守儿童教育基金募捐倡议书》发布以后，有那么一群人，为着一个共同的心愿："关注留守儿童，给力上河未来"，倾力倾情、捐款捐物、助困助学，在上河口汇聚成了一条爱意满满、澄澈人心的河流。之前我曾写过一篇《在你面前，我的语言已然苍白》，记述其中的故事。动人心怀处，情真意切时。今天我要讲述的是另外一些同样让我铭感五内、难以忘怀的人和事。

有一种美好叫圆梦

2019年8月20日，对于上河口来说，这是一个值得铭记的特殊日子。这一天，上河口举行高考恢复42年来的第一次"金秋助学"活动，共计有8名大学新生和12名困难家庭学生受到奖励和资助，金额达1.9万元。

上河口优秀儿女、鼎城区政协委员杨国清提供了全额奖励和扶助资

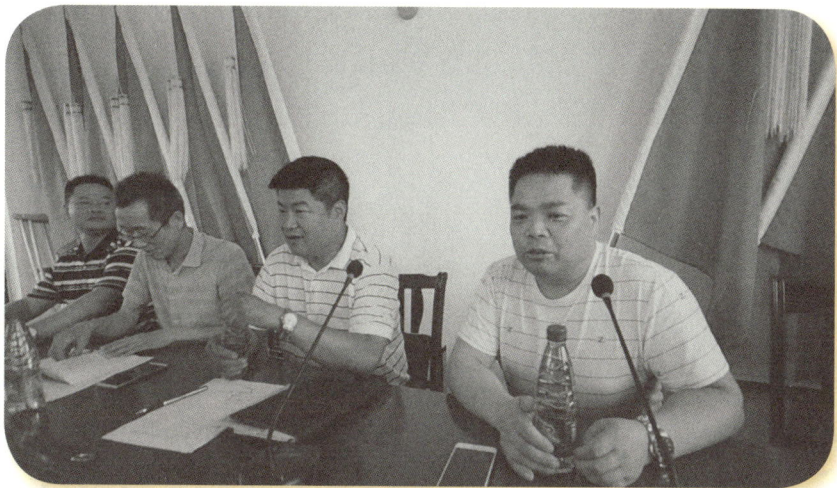

从上河口走出的农家孩子、鼎城区政协委员杨国清（右一），在上河口"金秋助学"活动上勉励受助学子：读书真的很重要

金。"我之所以这样做，一方面是为了圆这些家乡学子的求学梦，同时也是为了弥补自己读书少的遗憾。"杨国清这样解释自己的初心。

杨国清的童年满是艰难的记忆，5个兄弟姐妹，他排行老三，6岁多父亲去世时他最小的弟弟只有一岁多。在计划经济时期的农村，一个女人要养活5个孩子已是千难万难，要读书更是一种奢侈。他的哥哥本来成绩非常优秀，在位于白鹤山的常德县一中[①]读高中，爸爸去世后便辍学在家，因为他必须要挣工分养家，供弟妹读书。但妈妈和不到16岁的哥哥所挣的工分，还抵不上一个正劳力。要不是一个单身舅舅接济，和另外一个远在汉寿的姨姨隔一段时间挑一担（1担=50千克）谷走几十里路送来，要活命都难。

穷人的孩子早当家。杨国清初一读了一个学期，春季要开学了，家里却还在为他7块钱的学费发愁。看到妈妈和哥哥终年辛劳却无法解

---

① 鼎城区第一中学前身。

决家庭温饱，想想一年四季就是蚕豆饭、藕丁饭、红薯饭，想想过春节家里却几乎尝不到一点荤腥，想想在学校读书，总是穿着哥哥姐姐穿过的不合身的衣服，经常被人嘲笑，杨国清把书包一撂，坚决不再去学校了。他要种田，要挣工分，要帮妈妈分担生活重担。

很快，包产到户了，人的双手和智慧都得到了解放。杨国清很勤快，种田之外，打鱼摸虾，什么赚钱干什么。但是，干了十多年，吃饭穿衣不再是问题，却几乎攒不到任何钱，他觉得在农村几乎找不到出路。1992年，25岁的杨国清决定到常德桥南闯荡一番，跟随哥哥一头扎进桥南水产市场，做起水产生意。一勤天下无难事，加上杨国清个性爽快，从不在小事上计较，这为他赢得了好人缘，生意做得顺水顺风。

生意越做越顺，杨国清就越感到读书的重要。"我能有今天，一要感谢哥哥引路，二要感谢我娶了一个好老婆。每天四五点钟起床，晚上收摊以后，老婆还要手工做账，做到八九点抛吧点①是常事，有时更晚。而我的女儿开了一个超市，事情要复杂得多，但全部电脑记账，就不像她妈妈那样辛苦。读书真的很重要。"

"读书真的很重要"，这是上河口的每一个孩子都应该铭记在心的话。

有一种选择叫责任

在8月23日常德柳叶湖文化旅游开发有限公司总经理廖国君一行抵达上河口留守儿童之家之前，我和廖国君先生素未谋面，甚至不曾通过一个电话。他们此行只有一个目的，就是到我们的留守儿童之家看看，再给我们捐一批课桌。

把廖国君先生和上河口连接起来的桥梁是白鹤镇中学校长杨国权。杨校长常德师专②毕业，虽是学物理出身，却天生一腔悲悯情怀，写得

---

① 方言，指晚上10点。
② 常德师专，于2003年2月更名为湖南文理学院。

一手好文章，曾在《常德日报》发表过小说。他的散文系列《我的南漂的弟妹们》，原汁原味地再现了在时代大潮中乡村众生的聚与散、悲与欢、沉与浮、灵与肉、奋斗与收获、创痛与失落、纠结与无奈……颇有一种动人心怀的力量。他与我结缘，是因为我的民情日记。我的大学同学，也就是他的哥哥曾凡红，把我的民情日记推荐给了他。作为一个带有作家一样敏感触觉和痛觉的乡村中学校长，自然容易产生共鸣。今年3月，他带领学校支部党员到上河口请我上了一堂党课，并为上河口留守儿童之家捐书200余册。

廖国君先生专事文化旅游，热心公益，曾多次到白鹤镇中学助困助学。杨校长把我的一组民情日记推荐给了廖国君，廖先生说一定要到上河口看看，于是就有了8月23日的捐赠活动。

我曾问廖先生，为什么会选择上河口？他说："就是一种责任吧。乡村振兴离不开文化的振兴和教育的振兴，为留守儿童之家捐一点课桌，也算是为此尽一点绵力。"

有一种芬芳叫泥土

脚下沾有多少泥土，心中就沉淀多少真情。

因为工作实在太忙，我很少同鼎城扶贫战线上的200多名战友互动，但有几个例外，其中聊得最多的是鼎城九中的孙文君。

孙文君是鼎城九中派驻中河口乐安村的扶贫工作队队员，他曾就脱贫攻坚工作同我有过多次交流，并将他的一篇民情日记给我修改。看得出，他与他所在的工作队做了大量富有成效的工作，有很多事情都是上河口所不能及的。其日记文风朴实、语言流畅，更重要的是用心至密、用情至深。我对他说，这文章我无法修改。我生怕他误解，以为我是敷衍。这次，他给上河口的留守儿童教育基金捐了300元钱，我很惭愧，但他让我无论如何要收下。他说："我在扶贫一线，深知驻村工作的艰难与孤独，钱不多，就算对你的一种精神支持吧。"

　　孙文君是1983年毕业于湖南师范大学物理系的高才生，先后两次到西藏驻格尔木办事处中学支教，一生中差不多20年时间都在西藏度过。在格尔木中学，他曾向清华大学输送过一名优秀学生，这名学生曾获得全国物理竞赛第七名。

　　很遗憾这样一位才华横溢的老师，只是在一所普通的中学任教（他说两次回鼎城，都没有找过任何人，都是服从组织安排），也很遗憾他在乐安村工作只有一年时间。今年秋季开学他就回了城，把乡里重病缠身的父母接到身边尽孝，也算是对多年远离父母的亏欠的一种弥补。我笑着调侃他："你不扶贫，是鼎城扶贫工作的损失；但你不从教，更是鼎城教育的损失。你这一辈子，尽忠已足，现在回城，更是忠孝两全，问心无愧。"

　　我的微友中有个叫"岩头"的，我们就脱贫攻坚工作有过深度交流。他一直叫我老师，我却无暇也不知怎样打探他的姓名，问他自己，我怕一不小心又伤害了他。直到三个月前另外一名学生向我谈起这个"岩头"，我才知道他的真实姓名，还真是我的学生。20多年前我在慈利教师进修学校教书时，他在县城开了一家打印店，经常见面的。现在他把店子交给老婆打理，自己回村当了一名村干部，他村里也有工作队。驻村工作不好做，他多次与我谈说乡村社会的人情世故，对我的工作开展有很多帮助。这次，他也为上河口的留守儿童捐了款。我知道，这并不是他有钱，而是出于对乡村教育事业的支持和对留守儿童的一腔深情，也因为他的脚正踩在中国乡村这片坚实的土地上。

　　此次向上河口留守儿童教育基金捐款的还有一位地地道道的农民。她是十美堂镇东风3组①居民陈晓华，娘家在原上河口，是我民情日记少有的忠实"粉丝"。她这辈子基本没有外出打工，就在家里种田，另外还养点黑花甲鱼。不管潮起潮落，价涨价跌，从不跟风，因此路还走得比较稳，日子还过得去。她告诉我，今年家里有几口塘都空着，因为去

---

　　① 现兴镇社区。

年甲鱼的价格太好了，所以她不敢冒险，做农民的，一旦亏了就难得爬起来。

陈晓华家中有4个孩子，小的正在读高中，负担不轻，但她天生有一颗善良的心，曾参加鼎城区妇联组织的"爱心妈妈"活动，还帮着照顾一个亲戚家的孩子。从交谈中得知，她的小儿子很懂事，成绩还不错，这何尝又不是一种福报呢？

如果要在我的微友中选择虽素昧平生，却敢以事相托的人，汉青，一定是那少有的几个人之一。他是一名乡村个体医生，虽从未谋面，但从微信名"汉水青山"可以看出，主人极具诗人气质。他在从医之余，笔耕不辍，曾在《常德晚报》发表过从医的散文。一些极平常的事，经他一着笔，往往华彩纷呈。当然，更令人叹赏的是，他处世有定见，为

镇党委、政府、妇联在上河口开展关爱留守儿童活动

人有品格。汉青家境贫寒，因为一场疾病，痛感庸医误人和求医艰难，决心以岐黄为业。他学医从医30年，勤学勤悟勤问勤拜师，不耻下问，向同道师友学，向村夫野老学，医道日长，已考取主治医师，深得乡村百姓信任。他笑言："好比道士管方，我管的地盘还挺宽的。当然老百姓信任，还有一个更重要的原因，就是我绝不过度医疗，绝不见利忘义，坚持医技与医德同修，医德与医道同长。"

这里要特别说一下的是，十美堂镇党委、政府对上河口留守儿童之家给予了高度关注和力所能及的支持；镇妇联为上河口留守儿童举行过专门的捐助活动；镇党委书记罗军初，在这个炎热的夏天，走进留守儿童之家，发现留守儿童"留不住"——室内温度太高，根本待不下去，当即决定捐赠空调一台，为孩子们送来夏日清凉……

有一条河流叫乡情

马行千里，故园是亲；树高千尺，所依唯根。在这次募捐活动中，上河口的优秀儿女们表现出的浓浓的家乡情结，曾无数次让我动容。

乐建迪，中国城轨首届中青年专家，中铁四院院长助理，捐款5000元，并在一定程度上承担了捐款活动的组织者和倡导者的角色。同时，他对家乡建设提出了很多合理化建议。

林波，武警某支队政委，在回家省亲时，自掏腰包捐购价值3500元电脑一台。

杜跃霞，中国交建某片区负责人，捐款3000元，指定用于购买课外阅读书籍。我们用这笔款项选购了一套《人民日报》推荐中小学生课外读物。他说："知识改变命运，这句话无论在何时，永远都没有错。一个人读书多了，他的眼界和格局就不一样。"

卜俊利，虽然仅仅只是在上河口度过了小学上学前的那段童年时光，但她却常常梦见上河口的沟沟港港、伯叔姑姨和上河口村小（因为当时她的爸爸是这里的小学校长）。现在她家住长沙，已是一个5岁孩

上河口留守儿童的国庆升旗仪式

子的妈妈。她说："长沙图书馆已经把图书送到了每个社区，小朋友只要想读书，随时都可以前往借阅。在这种氛围下成长起来的孩子，他们的早期教育远远地走在了乡村留守儿童的前面。我和弟弟捐的钱，就是想给上河口的小朋友们买一套幼儿绘本图书。"她的弟弟卜敏哲，一位优秀的人民公安，在上河口与爷爷奶奶一起度过了美好的童年时光，对上河口更是满怀深情。因为工作太忙，委托妹妹办理了捐款事宜，他希望上河口的小朋友们读书爱书，祝他们有一个好的前程。

按照村里给我提供的优秀儿女名单，我同从原上河口5组走出去的余建军接上了头。一开始一个电话打过去，他说："对不起，我还不了解你，你同我的爸爸妈妈联系吧。"我找到他的爸爸妈妈，原来是老熟人，两老都是完全靠奉献和付出加入组织的农村老党员，他们叫余尚玖、肖春华，都已经70多岁了，年老多病。从他们口中得知，余建军夫妻俩都在工厂上班，工资并不是很高，上有老下有小，两个小孩在读书，一个大二，一个小学三年级，要的是钱哩。我有点难堪，我说那就别捐了，但最终余建军还是坚决要捐，并且是500块钱，我说少捐一点吧，就收了300块钱。

当然捐款的上河口优秀儿女远不止这些人，并且每一个捐款者也都有自己的故事。限于篇幅，这里仅列出他们的姓名和捐款数额：

李可桃，500元，捐自西湖；肖建国，500元，捐自常德；乐娜，300元，捐自常德；肖遥，500元，捐自贵州；乐丹，500元，捐自深圳；陈胜国，600元，捐自美国……

滴水成溪，万涓成河。在上河口优秀儿女和社会各界的关注和支持下，上河口的留守儿童教育之河雏形已成。我相信，只要勤于疏浚，善于联通，假以时日，上河口的孩子们、上河口村定能借此通江达海，一定有一个美好的远大前程。

上河口留守儿童教育基金募捐公示榜

鼎城区十美堂镇上河口村民委员会　　　　　　　　　　2019年11月16日

类别	姓名	善款额（元）	姓名	善款额（元）	总计(元)
党委、政府	十美堂镇党委、政府	2000	空调1台		
上河口优秀儿女	杨国清	19000	金秋助学		
	林波	0	3500元台式电脑1台		
	乐建迪	5000	卜俊利	1000	
	杜跃霞	3000	卜敏哲	1000	
	李可桃	500	陈胜国	600	
	肖遥	500	肖建国	500	
	余建军	300	乐丹	500	
	陈晓华	200	乐娜	300	

（续表）

类别	姓名	善款额（元）	姓名	善款额（元）	总计（元）
其他个人捐献款物	廖国君	4500	课桌 30 套，款已捐，待购		
	周应学	0	2000 余元课外读物		
	孙文君	300	李汉青	500	
	熊光明	500	孙小红	300	
	石家珍	100	姚高峰	500	
曹卫明转来捐款	曹德胜	168	施大杰	500	
	曹世雷	200	唐华锋	100	
	曹世猛	200	唐锦秀	500	
	曹世勇	4000	王树涛	500	
	曹卫明	314	谢玲涛	500	
	陈瑞月	168	杨逢全	500	
	陈志高	200	尤玉珊	50	
	戴必华	500	赵美锋	500	
	杜勇军	500	郑淑娟	2000	
	李海银	800	朱　杰	500	
	阮定仁	300			
小计		43250		10850	54100
说明	现金：5.41 万元 [含廖国君所捐 30 套课桌款 4500 元（尚未完成采购）]；物资：空调和电脑各一台、书籍若干。 除去金秋助学 1.9 万元以及《人民日报》推荐中小学生课外阅读套书款 2904.48 元，实际剩余现金 32195.52 元，其他已发生开支暂未入账，待年底一并公示。				

注：上河口位于洞庭湖西滨，濒临澧水洪道，在20世纪50年代
民主阳城垸修建之前，这里河网交织、堤垸纵横、大小湖泊
星罗棋布。有一条河道由原上河口东北向西南方向斜贯村境，
直通介福局（介福村，现已与上河口合并），这条河道与澧
水相连，因在原上河口东北端入口处有一个码头，以此得名。[①]
由于缺乏统一规划，这些小垸、湖泊在新中国成立前常受洪
患侵害。1954年，党和政府举全民之力，围垸堵口，修建了
北起鼎城区（时常德县）中河口镇林家村，南至鼎城区三角
堤长达33.12公里的民主阳城垸，贯穿上河口村境的那条河
流被废，河道填埋成了良田。由此，上河成了一条老辈人记
忆中的河流，年轻人记忆中的传说。对于外来人而言，上河
口成了一个无法寻根的地名符号，只是其中的"文化胎记"
给人许多的遐想。

---

① 在现代交通充分发育之前，河湖地区水上交通显得更为重要，河流入口或
交汇的地方，常常因此形成码头，一个地方的河口往往具有标志意义，因此不少
地方以"河口"为名。按照地理方位，北为上，南为下，上河口的河口位于村境
东北端，故有"上河口"之名。

飞鸽传书系列

根据区驻村办和区扶贫办指示精神，各后盾单位在岗干部职工、离退休干部要与挂点村18岁以下贫困家庭儿童、留守儿童、残疾儿童、孤儿及服刑人员家庭未成年子女，开展"飞鸽传书"结对活动。考虑到我单位实际情况，我自己承担了上河口村2019年应届高三毕业生的"飞鸽传书"任务。高三毕业生正处于人生的一个重要节点，我觉得有必要以平等的身份与他们交流我自己的人生经验和教训，供他们选择参考，希望能够有所裨益。

原系列一共八篇，此处选其三。

飞鸽传书之三
站在高点确定人生志业

周同学：

你好！

高考结束了，我不曾询问你的成绩，怕你感觉不如自己的期待，反而增加你的压力。但我想，不管怎样，肯定差不了。

我一直和你爸爸保持着联系，关注着你的每一点变化、每一次起伏和每一次进步。我对你爸爸说，千万不要给孩子压力，你给孩子最好的鼓励和帮助，就是减压。现在，我觉得我应该从你背后的关注者中走出来，同你说说话，主要就聊聊已经到来的这个暑假怎么过，我想给你提以下几点建议：

一、把高考丢一边儿去。对，把高考丢一边去。因为你成绩一贯很好，所以同学、老师、学校、亲朋好友以及社会甚至包括你自己都对高考寄予了较高的期望，这无形中会成为一种压力。我要说的是，不要为无法改变的结果或无法预测的未来去焦虑；或者说这种焦虑于事无补时，倒不如放下。高考是一场到达，更是一次出发。人生的路长着呢，你能走多远，取决于你的韧性和决心，而绝不仅仅是高考时的一次爆发。所以从现在起，希望你把高考丢一边儿去，轻轻松松快快乐乐过暑假。

二、向父母表达你的爱。你的家庭情况很特殊，像你这种家境的孩子，通常是两个极端，要么特别懂事、特别自立、特别优秀，要么特别不肖、特别自卑、特别渣。我很高兴你是前者。我们来到这个五彩缤纷、生机勃发的大千世界，我们的身体、生命、健康、智力以及所有的禀赋都是受之父母，面对父母，唯有珍惜、感恩、努力和奋发。

我希望你特别珍惜这个暑假，因为这样的假期，你此生将难以再有。一旦你进入大学，你面对的将是另外一个世界，你的心也将再难以如现在赤子一般的纯净。毕业以后，你要走的路很长，你要作出的选择很多，你要承担的责任很重，你得成家立业，养家糊口；你得为生活奔忙，为事业担当；你可能生活在另一座城市甚至是另一个国度……你将不会再有像现在这样纯粹安静的假期与你父母相伴。因此，我请你特别珍惜当下。

你的爸爸很优秀，尽管他是个不起眼的农民。他胸有文脉，待人以诚，与人为善；他勤奋好学，种田养鱼是一把好手，养鳝鱼是很多人的师傅；他的个头不高，但他的腰板和肩膀够结实，他扛起了你们整个的家。想想看啊，你们家的新房子，你妈妈的安好，你的学费，都是你爸爸辛苦操持而来，不容易啊！你要对你的爸爸道一声感谢，说一声辛苦啦！在这段时间里，你要尽可能地给你的爸爸做一些力所能及的事，做做饭，洗洗衣，农活上能够帮忙的尽量帮点忙。另外，对妈妈要尽量和气，商量着做一些事，这对她身体的恢复有好处。

三、来一次中国传统文化经典的补课。中华文明5000年绵绵不绝，其薪火相传、生生不息的密码，就藏在中国古代文化典籍之中。"大道之行，天下为公"的大同理想，"求民之莫（瘼，病）""民贵君轻"的民本意识，"道法自然""无为而治"的治世方略，"己所不欲，勿施于人"的处世方式，"苟能制侵凌，岂在多杀伤"的战争观念……构成了整个中华民族的精神原乡。一个民族有这样的大智慧、大悲悯、大襟怀，又有什么样的磨难能将它拆散、打垮呢？

长在乡村的你，因为家境，童年时期受到唐风宋韵熏染不多，很是有些遗憾；及至青春年少，大把美好时光以及为数不多的古典诗文，又被一道道标准化试题、一场场模拟考试切割得鸡零狗碎，亲问涵泳中国古代文化典籍，不过是一场奢侈的梦。你学的是理科，进入大学之后，在课业安排上自然会向自己的专业倾斜，并且依然学业繁重——假定你希望自己足够优秀的话；此外，还有很多事情让你分神：考研、恋爱、留学、就业、创业、金钱、前程、学问……诸如此类的事，取舍抉择，就是够你忙活了，此时要想再摆上一方安静的桌子，潜心中国传统经典文化，那只是一个梦想了。因此，我希望你能在这个暑假，把一部分时光用在中国传统文化补课上。

我这里列了一个简单的书目，希望对你有用：

《唐诗三百首》《宋词三百首》《论语》《老子》《庄子》《史记》《三国演义》《西游记》《古文观止》。此外还向你推荐一本《苏菲的世界》，这是一部哲学通俗读物，将古往今来包括中国著名哲学家的主要哲学理念，以文学的形式进行了全面梳理和展示。读完这些作品，一方面让你寻找中华民族精神文化的根，同时也希望借此提升你个人的精神境界，并对你今后的人生选择产生有益的导向作用。

四、站在高点确定人生志业。我说的是志业，而非职业。职业谋生，志业惠众。当然，任何职业在谋生的同时，也给社会带来巨大裨益；任何志业首先是职业，但在谋生之外，他谋求能给社会带来更大和更高层面的福利，它包含一种家国情怀甚至兼济天下的理想和抱负。一个人抱负越高，目标越明确，他所能成就的事业也就越大。

对于你的人生志业，我提不出什么具体的意见，这要根据你个人的爱好和兴趣来定。在志愿填报之前，你可以多翻阅一些志愿填报指导资料，选定方向；具体填报时，还可以征求一下老师的意见，选择一个适合自己并且喜爱的专业，也就奠定了实现自己人生志业的基础。

祝金榜题名，心想事成！

姚高峰

2019年6月12日

飞鸽传书之五

爱父母就爱他们脚下这片土地
——谈人生志业的选择

张同学：

　　你好!

　　那天你在电话中问我，大学文科学什么好？我实在无法给你一个理想的答案，因为这是一个涉及兴趣爱好、家庭境况、父母意愿等方面的问题。你问我，现代农业怎么样？我说，只要你爱好它，就是最好的。

　　你说高考结束后的这几天，你在家里，主要就是读书、考虑志愿填报的事，再就是洗衣做饭，有时间还干一点力所能及的农活。这很好啊，说明你很懂事，开始规划人生，不教光阴虚度。你与父母的关系很融洽，与不少想摆脱父母"控制"的青春期的孩子不一样。我为你点赞!

　　人生需要规划。我自己在这方面做得不是很好，但有一些经验教训值得总结汲取。这里我想与你就人生志业的选择进行一些探讨。

　　第一，尊重内心。高考之后，每一个学子都面临着人生的一场重大抉择。一个人如何选择自己的人生志业，发自内心的爱很重要，而你，我觉得，你已经有了自己的初步判断。以你这一段时间的表现，你爱父母，也爱干他们所干的农活，爱他们脚下这片土地。有爱就有方向，有爱就有力量，因此，假定你选择现代农业作为你今后的人生志业，我表示赞成和支持。

第二，发现价值。人的幸福指数，很大程度上建立在他（她）所从事的志业上的价值，也是在人生艰难时刻支撑人走下去的力量源泉。这种价值，来自外界的赋予和认可，更来自内心的认同与自信。民以食为天，习近平总书记讲要把饭碗牢牢端在中国人自己手里，因此这是天大的事。我们讲要实现中华民族的伟大复兴，这个复兴的基石就是乡村振兴，而没有农业的振兴，也就没有乡村的振兴。唯有一大批有抱负、敢担当、肯努力的热血青年投身现代农业，投身乡村治理，乡村振兴才有希望。因此，这是一项非常伟大的事业。投身现代农业，有价值，有希望，有未来。

第三，积攒实力。包括学习力、行动力、实践力、经济实力、人际沟通能力等方方面面。要把学业做实，充分掌握现代农业的前沿知识；要把知识用活，积极投身实践；要在大学期间找到一帮意气相投、志同道合的同学少年，他们将为你事业的发展提供有力的信息、资源和精神支撑……

现代农业是一个资金密集和技术密集的行业，因此你的实力很重要。当你的实力配不上你的情怀，你往往会被情怀所伤。

当然，如果你不是自己创业，仅仅是作为一个职业选择，这种压力自然要减少许多。

第四，让科学回归本源。科学的本质是为了解放人本身，造福人类，而不是反过来加害于人本身。我们很多的所谓科学，对环境造成的破坏，对人类自身造成的危害，可以说灾难深重。《寂静的春天》这本书，对人类用农药提高农业产量的饮鸩止渴的做法给予了严厉的批判，提出让人类"走另外的路"。但几十年过去了，农业滥用除草剂、抗生素、农药、化肥的问题仍然触目惊心。你有志于现代农业，建议你对生态农业多加关注和研究，是否考虑将农作物和水产品病害的生态防治作为学习主攻方向？如果能够有所成就，将为人们餐桌的安全提供一些保障，这是很幸福的事。

第五，脚踏实地。有不少学生写作文时很爱用一句话："心在云端，脚踏实地"，人如果没有"心在云端"的霞彩，那么人生就是一场苦旅；但云端的海市蜃楼再美，终不是跳舞之地，我们得在地上行走。幸福是脚踏实地奋斗出来的。

农业是一门实践科学，它最大的实验室在田间。实践出真知。袁隆平在田间行走了一辈子。困扰无数科学家的青蛙繁育难题，也是沅江的一位农民用几年的心血破解出来的，他的名字叫王正飞。你在网上搜一搜，就会知道他的故事，我也会发一个链接给你。

你的爸爸正在合伙摸索××（为保护隐私，隐去具体品名）仿生态繁育，并且得到了大湖股份的支持，假如你有兴趣，这正好是一个研究课题。你在大学期间，如果能够使这个课题有所突破，那将是最好的毕业答辩。而现在正好是繁育季节，你投入其中做一些研究，可以说是正逢其时啊。我要用一个时髦的词：珍惜当下！

好了，今天就说到这里吧。当然，你最终的志愿选择是不是现代农业都不要紧，但我想基本原则都是一样的。希望这封信对你有用。

祝金榜题名，万事如意！

姚高峰

2019年6月17日

飞鸽传书之七

赢了高考不等于赢了人生
输了高考不等于输了未来

何同学：

　　你好！

　　我知道，对于一个高考学子而言，在成绩还没有出来之前，询问成绩、谈论人生规划都是敏感话题。无论说什么，都可能不讨喜。但作为一个教过多年初高中毕业班的老教师，自己和小孩都参加过高考的人，我还是想同你说说我的心里话。

　　你说考得不理想，我不知道仅仅是你自己的一种担忧，还是一种误判。以你一贯的学习态度，我想应该不至于太差，这也是我最真实也最殷切的期待。

　　即便真的不怎么理想，那也没什么。因为赢了高考不等于就赢了人生，而输了高考也不等于输了未来。

　　马失前蹄，高考失利，那是经常发生的事。生活中很多"牛掰"的人，都曾经历高考失利的痛。马云、俞敏洪，都曾有两次高考失败的记录。网上搜索，还可以找到更多的案例。一次高考的失利，并不足以决定你的人生。我一个很亲很亲的老乡的孩子（名字这里隐去，以免影响形象），平时成绩拽拽的，可谓是一骑绝尘，老师、家长包括她自己都相信怎么着也得一个清华北大的。但偏偏高考的时候发挥失常，最终只考了一个很一般的一本学校。这落差，让她心里难过了很久！但这孩子就不服输，进了大学，她就下定决心未来要考取这个专业最好学校的研究生。4年后，她以高出录取线80分的成绩如愿以偿，她的人生由此"开挂"。毕业分配时，用人单位一见面就要定了，几年时间就成了单位的骨干。当然，她的努力也是够让人瞠目结舌的：研究生备考时，因为压力过大导致身体发胖，连裤扣都胖掉了，足足哭了好几个小时哩。

人生的路很长，高考只不过是人生的一个驿站，是下一次出发的起点，以后你还会经历许多次的到达和出发。也许这一次的到达不理想，出发有点慢，但假定你的目标足够明确，步伐足够坚定，内心足够强大，谁能说你的抵达不会比那些出发早的人更远、更精彩呢？我有一个80年代末参加高考的学生，就考了一所湘西的中专。那时录取率低，考上中专也算了不得，但与那些考上专科、本科、重本的学子相比，还是有天壤之别的。但是这个学生在学校里足够努力，表现足够出色，中专毕业居然分到了省城，这是很多大学本科生都没法做到的哩。至于他以后的人生，也是足够的精彩。而我的另外一位因为家庭贫困未能圆大学梦的女学生，回家之后卖起家乡的水产，做得风生水起，进而带动了一方产业的发展，现在是深受地方敬重的"女能人"（我不给她冠名"女强人"，因为她对家庭的经营也是很用心的），这是许多科班出身的大学生都难以企及的。

说到这里，想必你已明白，有谁能说，一次高考就决定人的一生了？

我依然记得，去年暑假我们举行送书活动的时候，你脸上流露出盈盈的笑意，你说你想当摄影家。想必这仍然是你的梦想，有梦在，就有未来，但幸福是奋斗出来的，为了梦想，你当努力前行。

　　高中三年，学习节奏紧之又紧；高考结束，突然之间没有了外力的约束，就会有一种悬空失重的感觉；假定考试不太理想，难免内心更加彷徨。在成绩正式出来之前，你可以先找一些有意义的、积极向上的书看看，思考一下专业的问题，另外还可以给辛劳的爸爸妈妈、爷爷奶奶分担一些力所能及的事。成绩出来之后，再量体裁衣，选择自己心仪的学校，用心规划自己的人生。凡事预则立，不预则废。人这一辈子，很难规划，但有规划肯定比没规划好。

　　祝金榜题名，万事如意！

姚高峰

2019年6月18日

第七章

唯愿天下人皆健

胡萝卜　白萝卜 ☀

2017 年 12 月 30 日	星期六	晴

◎**牙痛、感冒初起**：维生素C，一次服六片，有神效。

◎**结肠炎**：连翘10克，黄芪15克，人参5克。水煎服，直至痊愈。

◎**前列腺炎、夜尿频数**：

1.南瓜子，有神效。

2.西红柿，生吃或炒菜均可。糖尿病患者以大西红柿为宜。

◎**缺钙、腿抽筋**：核桃一日3～5颗，多晒太阳。

◎**风寒感冒**◎**夏季风热感冒和中暑**◎**坐骨神经痛、腿麻痹、椎间盘突出**◎**胃病**◎**糖尿病预防**……

断断续续，经过两个多月的努力，终于完成了"单方偏方食疗方"系列资料的整理，可以把它献给上河口的父老乡亲了。上面这些文字是其中的部分内容。

10月24日，我曾对上河口村当时在册的98户贫困户[①]进行过分类统计，其中因病致贫的56户，占57.1%；年老体弱和智障的20户，占20.4%；真正因技能缺乏导致贫困的只有22户，占22.5%。前两类基本可以归为一大类，也就是说近80%的贫困户，与疾病相关。自己多年与疾病作斗争的人生经历和眼前的现实，让我感到农村卫生保健知识的普及

---

① 自2014—2016，该村先后退出和删除贫困户61户。10月24日以后，经过几次再识别，再删除，新近统计数据又有变化。

是如此迫在眉睫。

真正促使我加快进程的是亲身经历的几件小事。

那天我到村民杜福喜家里小坐，他老婆热情地拿出6个自家的鸡蛋，要煮给我吃。我说我刚吃饭，吃不下，让她就煮两个。她说好，结果端在手里发现是3个，吃的时候又变成了4个。盛情难却，我硬着头皮吃完，因为那一段时间本来就脾胃不好，这几个鸡蛋一下肚，胆固醇是不是过高倒在其次，苦恼的是一个星期满嘴都是苦味。

孙志刚是我的帮扶对象，有一天我去他家走访，当时家里就只有他的老父亲在吃饭。下饭菜，除了一个青菜以外，就是一碗泡得烂熟的酸萝卜，这也是我小时候最喜爱的一道美味。墙角堆放着一排装满酸辣椒的塑料瓶，上面漂浮着一层已经变色的白花。他的耳朵接近全聋，我连喊带比划，终于让他明白这酸萝卜酸辣椒不能吃了。他说："吃得，不要紧，味道还蛮好哎。"他的老伴身患癌症，两个孙子都在读书，儿子孙志刚是这个家庭的顶梁柱，也有病在身。我没有进行过病理研究，不知道他们所患的疾病与这是不是有必然联系。但现代医学研究表明，这种美味是百分百的健康杀手，而他们竟习以为常。

第三件事，是那天我去村民林正平家走访看到的家常菜。他们正吃早饭，摆在桌中间的一道主菜，是肉片和胡萝卜、白萝卜混炖，这是许多农村人经常食用的"营养菜谱"。殊不知胡萝卜和白萝卜混吃，必然引发一场"内战"。白萝卜中维生素C的含量很高，而胡萝卜中则含有一种对抗维生素C的分解酶，可破坏白萝卜中的维生素C，二者相遇使得白萝卜中的维生素C损失惨重，其营养价值自然也就大打折扣。

普及农村卫生保健知识任重道远，除了科学常识的普及之外，更有赖于一些鲜活的故事佐证。我决定把自己与疾病作斗争的经历写出来，以增加说服力。

注：2018 年 3 月 25 日补充说明，"单方偏方食疗方"中不少内容源自自身的人生体验，但有些内容源自网络。因为本人并非医生，缺乏自身体验实证，所以一直不敢作为治病、养生建议告诉上河口的父老乡亲。最近，我决定将没有经过自身体验的处方类资料删除，主要保留食疗类资料，并分期分批发给相关专业医生审阅，得到认可后再发出去。同时特别提醒，生病之后，建议看医生或去正规医院治疗。日常小恙，在症状较轻且一时找不到医生时不妨一试。

别了，恐怖的"皮神经" ☀

——我的治病养生千金方之一

| 2017 年 12 月 30—31 日 | 星期六、日 | 晴 |

曾经有那么近20年的时间，我不停地和疾病作斗争，尝尽人间百药。

这一切疾病都源于工作的忙碌。1995年3月，得贵人相助，我很幸运地从慈利教师进修学校调到常德桥南市场，从事办公室工作。那时的桥南，誉满三湘，名动华夏。中央、省、市领导和国际友人来桥南或参观、或调研、或购物，也不鲜见。各类工作汇报、调研报告、经验总结应接不暇，有时候给你的时间足不旋踵，而我生性驽钝，远非捷才，这可真就苦了我这个"苦吟诗人"。我得随时储备各类素材，准备各种版本的对各级领导的调研汇报、各条战线的经验交流、国际友人的欢迎致辞。"5＋2"、白加黑，晨昏颠倒，成为生活的常态。好在桥南市场为我们提供了最为鲜活的市场经济范本，随时都能发现让你兴奋不已的东西。那时的感受，真是累并快乐着。

市场大潮汹涌，各地各类巨无霸型的集贸市场如雨后春笋。很快，因为总体规划、设施配套、加工产业全面滞后，桥南市场失去了昔日的光环。历届区委、区政府和管委会领导殚精竭虑，希望它重回舞台中心：推动依托桥南的工业园建设，升级改造、经营权再出让……

然而，2004年"12·21"火灾，彻底打乱了桥南的步伐，也彻底颠覆了许多人的人生命运。重建、稳定、复兴，成为鼎城和桥南之后多年的中心词。而我，身兼和谐协会秘书长、政工部长等多重职务，夙兴夜寐，了无暇时。偏偏有一段时间，我的支气管炎爆发，每天的药费要20多块钱，而我每个月工资就是千把块钱。为节省开支，每天早晨就在常德市第六人民医院买上3块钱的馒头，作为早餐和中餐。其后果是，视力严重下降……所有的过往，不敢提起。那时的感受，是痛并希望着。

我于2010年5月调离桥南市场，任花岩溪管理处办公室主任，后借调到区旅游局。因为领导都是事业心极强的人，所以此间的人生，也是从来不曾一刻消停。我想让花岩溪的每一条路开满鲜花，工作之外，忙于开荒建苗圃；我想让"五朵金花"①炫彩鼎城，造福百姓，日夜忙于撰文造人气。那时的感受，是忙并幸福着。

辛苦忙碌20年，疾病困扰20年，药物相伴20年。

困扰时间最长的疾病，是神经性皮炎，距今有20多年。但假定我当初没有遇到那么多的庸医，也许它现在根本不是个问题。

起初，它只不过是我脖颈右后侧的一个小小的硬籽，涂过很多药都没能好转。之后到几家医院找了几个皮肤病名医，第一位是一名权威。他看了一眼，摸了一下，便不容置疑地说你这是神经性皮炎，吃什么药都治不好的，隔一段时间买点药涂涂，不让发大了就行；再说它根本不是个事，别管它。我真按那医生的说法，不管它。但这皮癣却要"管"我，它把它的繁育当作了一份"事业"，很快在我身上蓬勃发展，大有"席卷全球"之势。我又找到另外一位名医，他给我开了印度进口的药，5块钱一片，一个月后，我吃得眼睛都快看不见了。最后一位医生给我开了一个挺便宜的组方：扑尔敏捣碎，用皮炎平调匀，涂好为止。它很好地控制了皮炎的蔓延，但我坚持了整整一年多，却不见其好，那

---

① 鼎城区着力打造的五个乡村旅游品牌，包括十美花海（十美堂紫流洲万亩油菜花海）、云峰竹海（黄土店镇钱家坪云峰山竹海）、城址风荷（韩公渡城址村荷花）、逆江云英（花岩溪镇原逆江坪乡湖江坪村紫云英花海）和龟谷紫衣（双桥坪镇原大龙站镇双堰堤村薰衣草花海）等5个乡村旅游景观。因镇村合并、人事异动、观念差异、农作物改种等原因，逆江云英、龟谷紫衣等景观已不复存在。

一片皮肤，变成了韧性极好的面皮，一推一让，质感有如没有脾气的气球；经常涂药的手指几乎失去了知觉，整天都是木木麻麻的；浑身的骨节也开始隐隐地冷冷地疼，六月天都想烘火。这个错误的药方，彻底破坏了这块皮肤的生态，注定了后面治疗的千回百转。

后来我去了本地一家某著名主持人做广告的皮肤病医院，那医院说治不好全额退款。医生给我开了一瓶编了号的粉红色乳膏。药用完了，没有任何反应；又开了几副中药，江山依旧，但医生摸了摸患处，笃定地说："没问题了！好了。"

我把目光投向首善之地北京，那里有名声非常响亮的皮肤病医院。因太忙，只好邮购药物，治疗结果：外甥打灯笼——照旧。

我服用过百癣夏塔热、青大将丸、银屑颗粒，喷过土槿皮酊、蛇王银癣K、日本癣清，涂过蜂胶、力康霜、曲安奈德；也曾艾灸、针刺、火疗；也曾买过药书，与医生一起探讨治病良方；还用过其他一些药物；还曾与一位保养极佳、面红发黑、脑后扎着马尾的耍蛇江湖老郎中有过交集……那癣仍旧岿然不动。

有一天，我忧郁地在大街上行走，偶然遇到一个白发飘飘、仙风道骨的老人，他扛着一个龙头拐杖，杖上吊着一个葫芦。见我神情凄楚，他慈祥地问我是不是有什么病？我内心感动莫名，竟以为有神仙来救。我告诉他我的皮肤病病情，他当即给了我一盒乳膏，说："保证药到病除。"价格自然不菲。但结果是什么，我不说你也知道。

我仍然把希望寄托在民间。听说哪里有什么好中医，就去找他开药。我慕名前往一座山城，找到一位坐堂老中医，他戴着老花镜望闻问切了很久，着手开方。药方别具一格，用中文加各种奇形怪状的符号来代表药物。现场开方，现场抓药。我有点怀疑它的效果，那老中医把眼睛从镜片上方露出来，长时间地凝视着我，然后语带不悦地说："你不信我，那你来找我干什么？"我想，这老中医说不定还真的有"两把刷子"。我心里存了一点点杂念，一定要破解这个秘方，专门请药剂师把药方和药物比照着猜，终于成功破解了这个"哥德巴赫猜想"。最有意思的是，药方里的细辛，就是一根竖线。秘方得到了，然而病并没有好。服药期间，头痛失眠一直伴随着我。还有一位老中医开的药，几乎全是毒药，吃得我面色乌黑，彻夜难眠。后来有医生告诉我，这药再吃下去，你会丢了性命。这是2016年的事。

但解救我的，最终还是一个民间小验方：醋泡大蒜。将大蒜切碎，用3度醋浸泡，外部涂抹。顽固性小块皮癣，可用纱布将捣碎的醋蒜泥缚住，浸咬①患处10～20分钟，直至皮肤流水，连续一个星期可基本断根（当身体免疫力低下时，有可能再发，但此方仍然有效）；长时间使用激素类药导致皮肤苔藓化了的则无法根治，但可控制。另外，每周再吃一两次羊肉，可基本无大碍。两者结合，让我从今年起彻底丢掉了所有药物，包括痔疮、肠胃炎等各类药物。这醋泡大蒜是弟弟告诉我的，而羊肉的食疗则是我自己偶然发现的。

醋泡大蒜，对于脚气、灰指甲、湿疹及各类皮癣均有较好的疗效。同时，它还是一种很好的治疗中耳炎的药物，比市面上任何一种药水效果都要好。我的中耳炎差不多也有20年时间了，摸索20年，此物最好。

---

① 浸咬：方言，指用较多的液体状物质浸泡较长时间，使其有效成分渗入某些物体（诸如衣物等）或人体某些部位，犹如人或动物用牙咬进某些物体一样。

注：此文所写，皆为我个人亲身经历，其药方不一定适合所有的神经性皮炎患者。神经性皮炎，是困扰医学界的"不死的癌症"，多为精神负担重、工作压力大、情志不畅所致，此外还与饮食、环境、基因、生物等因素及外界长期接触不良理化刺激等有关。需根据每个人的体质、习性、生活环境、工作性质等具体情况辨证施治。最好的办法是寻找良医，最忌病急乱投医，自己任意用药。尤需卸下包袱，放下执念，放缓生活节奏，科学养生，增强免疫力和抵抗力。若有苦病久者，又不能找到良医良方，文中方法不妨一试，如有效，则为人生一大幸事。

生死结肠炎

——我的治病养生千金方之二

2018 年 1 月 1 日	星期一	阴

　　真正让我曾经感到绝望的疾病，不是神经性皮炎，而是结肠炎。

　　2009年5月，送走来常德住院治病的父亲，我来到红旗路的老百姓大药房，寻寻觅觅，看有什么新药物来治疗我的结肠炎。父亲住院的药费，是从市场一位经营户那里借来的，还余下一点钱，虽有点不舍，但这病还得治，我是家里的顶梁柱，不能倒。病好了，钱还可以再挣；身体没了，什么都没有了。

　　但寻觅的结果，什么都没发现。我委顿地坐在一排药架下，一股寒意从心底直冲脑门，头皮发麻，浑身发紧，紧接着，一股股冷汗酣畅淋漓地冒出来，瞬间湿透衣背。

　　此前我曾去过多家医院，中医西医都看过，还请我曾经的学生，现任常德市第一中医医院主任医师的杜安民精心琢磨过，内服中药，外加灌肠，然而病情非但没有减轻，反而日见其重，我只好另觅他途。

　　万念俱灰中，我再次拨通了学生杜安民的电话，因为他对我的病情最了解，同时他还有一种特别的执着、执拗精神，凡事总是追求极致。他在慈利二中读初、高中的时候，特爱下象棋，总爱找那些高手挑战，直到把他们征服。曾经，在整个江垭镇，棋艺无有出其右者。

　　我告诉安民，希望他能够将我的结肠炎和神经性皮炎结合起来治疗。我吃的治疗神经性皮炎的药物中，只要有一味药——连翘，皮炎就可以得到控制，结肠炎也可以好许多。安民斟酌了许久，给我开了一个

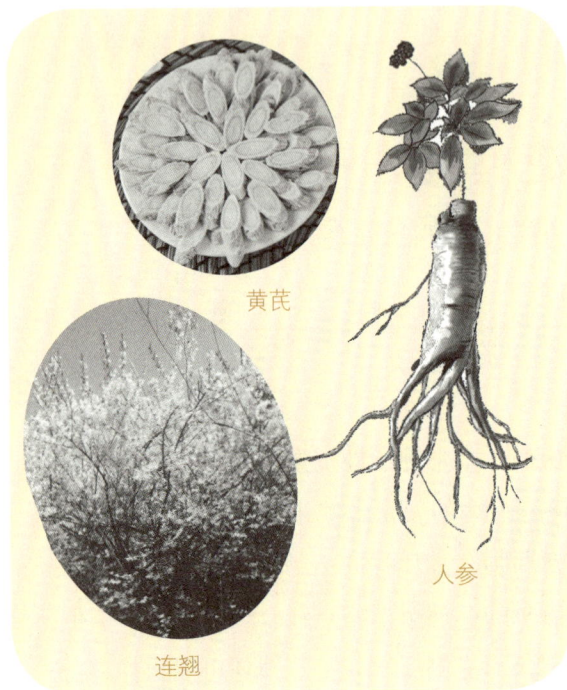

黄芪

人参

连翘

方子，三味药——连翘10克，黄芪15克，人参5克。每日一服，三餐，水煎服，痊愈为止。

我坚持按方服药，5个月左右，神经性皮炎没闹事，结肠炎炎症得到有效控制，基本不再便血。再坚持了4个月，感觉到腰腿有点沉重，才停了下来。

此后的岁月，虽也时常感到肠胃的不适，但只要稍稍注意休息，控制饮食，特别注意不食辛辣，再加上一些普通的药物，基本也无大碍。当我把这个药方告诉从事过医学教育的同事的时候，好几位老师竟然不信，但这就是我自己真真切切的人生经历。

我希望这个药方，对于那些在外打拼，因生活不规律、水土不服患上结肠炎的父老乡亲、兄弟姐妹；常年从事脑力劳动，搜索枯肠、殚精竭虑导致神经性结肠炎的白领；或者是晨昏颠倒、在流水线上枯坐而导致肠胃功能紊乱的工人能够有效。

关于中医的题外话：

对于中医，我有一种特殊的情感。"药对方，一口汤"，只要用药准确，它的治疗效果、治疗成本以及对人体的伤害程度、对人本的关怀程度，远较西医为优。

尽管我在求医问药的过程中，也曾深受其害，但中医确实有它的独到之处。安民给我开的结肠炎组方，大道至简，简直就是一个传奇。另

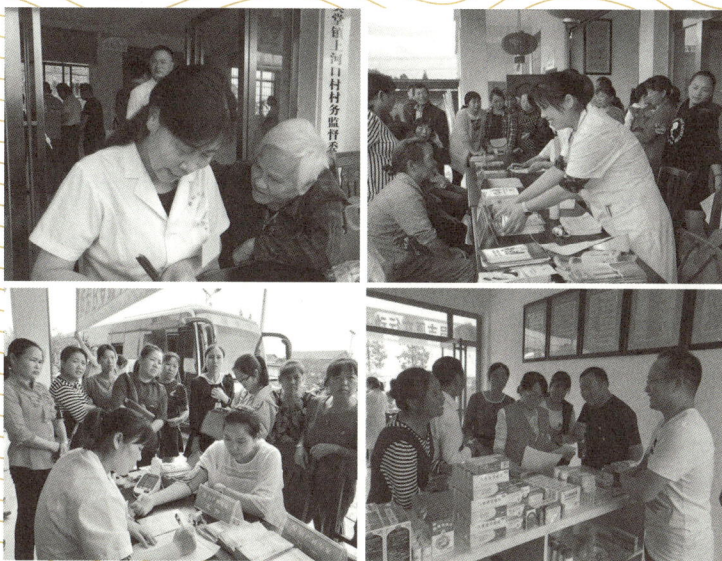

后盾单位区妇幼保健院在上河口开展义诊

外，我读初一时，肩关节脱臼，一位老中医请一个帮手抱住我的身子，他拉着我的手，使劲往上一拉，只听一声响，再放下来，几拿几捏，骨头就归位了，他让我带点膏药回家贴贴就好了。换着现在，估计得照片、验血、吊水，甚至开刀……来一个全套，不知要折腾多久。20多年前，我在慈利教师进修学校一位同事的爱人，得了红斑狼疮，到湘雅等大医院求治，医生宣告不治，但最终慈利高峰乡的一位老中医，妙手回春，至今仍然健康地活着。

中医有着几千年的传承，源远流长，博大精深。它主张阴阳调和，天人合一，辨证施治；药有四气五味，升降浮沉；人有五脏六腑，寒热燥湿；用药讲究配伍，君臣佐使……整个就是一座富丽堂皇的哲学与科学大厦，远非我辈外行文字所能描述。它曾创造了无数的传奇，但现在发展势头不如西医，是一件很让人遗憾的事。原卫生部部长崔月犁之子张晓彤说："如若中医在西化的不归路上回不了头，你我将是见证中医

215

衰亡的一代人。"我希望这仅仅只是一种担忧，因为还有中医医生在不断地续写传奇，我的这位学生安民，还曾经用中药让一个家庭一贫如洗、求治无望的肾病患者，恢复了健康，并且结婚生子。从全国的角度讲，这样的中医医生肯定不止一个，只要我们从国家层面重视中医的传承、研究和普及，中医振兴就有希望。

注：2018 年 9 月 29 日后记

写下这篇民情日记已经整整 9 个月了，我一直纠结这篇日记该不该发。爱人提醒我不要把自己人生的那么多不堪都展示给别人看。但今年村里已经连续有两位村民死于结肠癌，几天前在村里走访时，再次遇到一位结肠炎患者，神情萧索，了无生趣。我把这个处方和一个食疗方告诉了这位乡亲，希望有效；同时决定把这篇雪藏的日记发出来，让更多饱受结肠炎困扰的天下苍生多一种治疗选择，多一份生活的希望和勇气。

结肠炎极易反复，其治疗过程，很大程度上就是同个人生活习惯和个人意志的较量。熬更守夜，无辣不欢，无酒不乐，再好的药也都无济于事的。

当然在后期调理的时候，自己也摸索出来一个更简便的食疗方法，那就是吃羊肉（山羊，非绵羊，亦非湖区所养山羊）。用山羊肉加花椒、生姜（花椒要重一点，可两斤肉一把花椒），熬它几个小时，吃肉喝汤，对于我个人的胃炎、慢性结肠炎、痔疮和神经性皮炎都有神奇的疗效，让我彻底告别了对药物的依赖。但按照民间的说法，羊肉是发物，也不知此物对其他结肠炎和神经性皮炎患者是否有效，这有待更多的实证检验。

关于血吸虫不得不说的一些话

2018 年 5 月 26 日初稿		
2018 年 6 月 3 日修改	星期日	晴

有两件事促使我写下这篇民情日记：一是村里一位贫困户因血吸虫病引发肝硬化腹水，现已发展为肝癌，却因种种原因没有买医疗保险，陷入更加艰难的境地；二是5月中旬，武陵镇血防站在上河口开展灭螺活动，引发部分村民关注，面对村民对血吸虫的恐惧，一两句话又说不清。

对于村民的质疑，武陵镇血防站以最快速度给予了积极回应。5月24日，他们再次来上河口对历史有螺环境和可疑环境进行逐一再筛查。借此机会，我就村民关心的一些问题，向相关血防专家进行咨询，并陆续咨询卫计、水利、国土等相关部门，广泛搜罗相关资料，形成了这篇问答体民情日记。

一、上河口今年主要灭螺区域是哪几条线？怎样施药？

今年上河口灭螺主要集中在经8、经9、经12线，纬14、纬18、纬19线。一般选择每条线的上游施药。

二、上河口今年钉螺再筛查情况怎样？

5月24日，区武陵镇血防站张利站长带领血防站工作人员，对上河口村经8、经10、经11线和纬20线等历史有螺环境和可疑环境逐一再筛查，现场没有发现村民所担心的血吸虫中间宿主——钉螺。

217

据血防站相关人员介绍，经8线在20世纪90年代，是上河口钉螺比较集中的区域。但经过集中防疫，有效灭螺，从90年代末开始就再没有发现钉螺。

三、鼎城区血吸虫灭螺情况如何？

区相关血防专家：鼎城区已经消灭垸内钉螺。

"截至2016年，鼎城区蒿子港片区包括中河口、蒿子港、十美堂，就已消灭垸内血吸虫钉螺。"据鼎城区相关血防专家介绍，鼎城辖区内所有江河堤垸内人口居住区域，除灌溪镇中心桥村还存在一些钉螺（无感染性）外，已实现消灭垸内钉螺目标。

四、血吸虫防治是一场持久战吗？

张利站长告诉我们："垸内消灭了钉螺，并不意味着今后就不会有钉螺和血吸虫感染，因为沅澧两水外洲环境复杂，钉螺无法彻底消灭。灌溉用水进水沟常常会出现新的钉螺和尾蚴，但一般而言，出水沟基本上没有，无进出水的死水沟也基本没有。"他强调："血吸虫防治是一场持久战。必须年年防，年年治。作为一名血防工作者，希望广大村民自觉加入到血吸虫防治的人民战争中来。发现疑问，可及时向乡村医生和血防站报告。"

五、怎样识别湖区血吸虫钉螺？

湖区血吸虫钉螺很好识别：一是个体小，螺壳为长圆锥形，长度不超过10毫米，宽度不超过4毫米。二是钉螺有一个独具的特征——唇脊（壳口外唇近边缘有一较厚的脊状突起），这是其他螺都没有的。三是有纵肋。四是钉螺属右旋螺类，螺旋数6~9个，其他螺大多为左旋螺类。

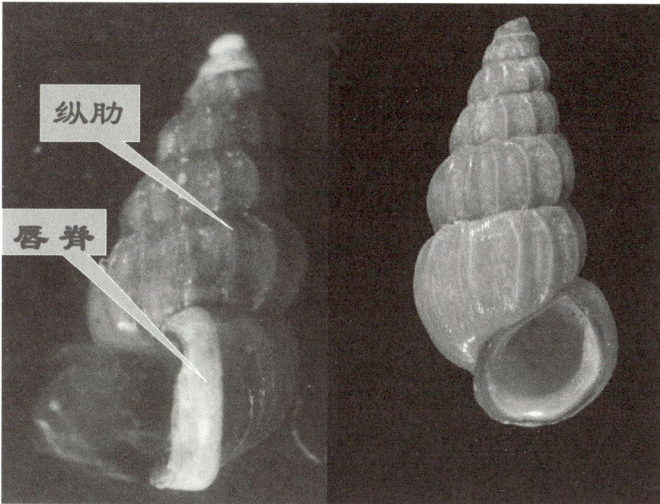

钉螺

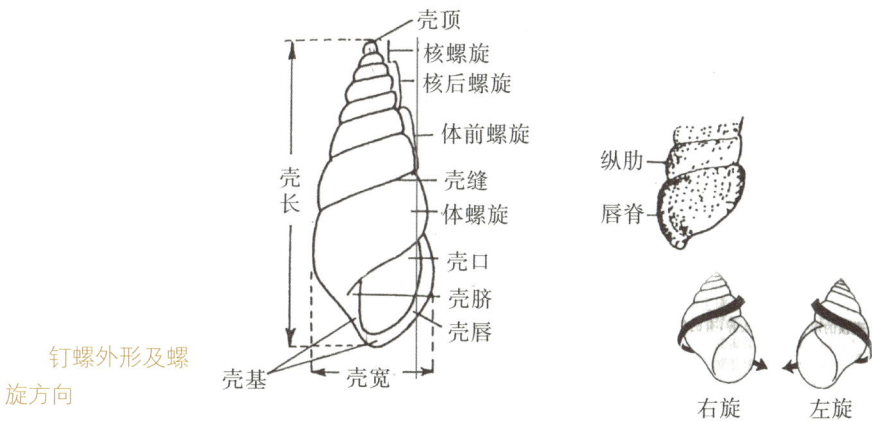

钉螺外形及螺旋方向

　　钉螺与菜螺最易混淆，它们形状、大小看上去差不多，但两者之间最大的区别在于钉螺有唇脊和明显的纵肋，此外，菜螺轻轻一捏就容易破碎，但钉螺的外壳很坚硬。

　　常见的易与钉螺混淆的相似螺类还有海蛳螺、烟管螺、小黑螺等。

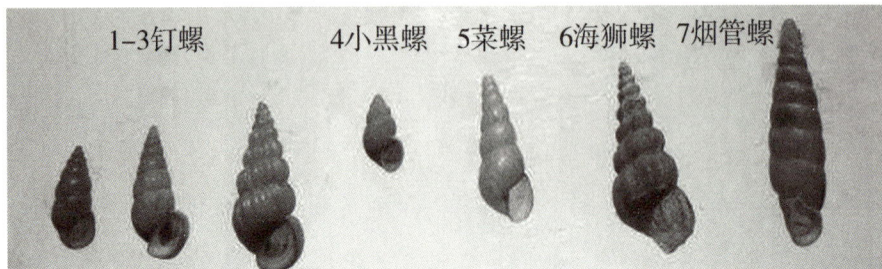

1–3钉螺　　4小黑螺　5菜螺　6海狮螺　7烟管螺

与钉螺外形近似的一些螺类

六、血吸虫病怎么传播？

有钉螺才有血吸虫病。钉螺是血吸虫的唯一中间宿主，血吸虫虫卵从人或哺乳动物的粪便中排出，虫卵在水中孵出毛蚴，毛蚴钻入钉螺体内，发育成尾蚴，再从钉螺逸出进入水中。当人和哺乳动物接触疫水后，尾蚴很快钻入皮肤（10秒左右），在体内发育成成虫并产卵。

血吸虫虫卵对人畜没有伤害，再怎么也不会感染，感染人的是尾蚴，很小，看不到，一般漂浮在水面上。

七、湖区水产会传播血吸虫吗？

不会。钉螺是血吸虫的唯一中间宿主。而洞庭湖区的血吸虫尾蚴对人畜包括猪、牛、羊甚至老鼠、野兔等哺乳动物有感染性，但对湖区淡水鱼类没有任何感染性。爱甲鱼、鳝鱼、泥鳅、小龙虾等淡水鱼类的吃货可以放心大胆地吃。

八、有钉螺的区域，人畜就一定会感染血吸虫吗？

不一定。钉螺本身对人体并没有危害，它只是血吸虫的中间宿主。血吸虫毛蚴只有寄生在钉螺体内才能发育成尾蚴，毛蚴如果没有遇到钉螺，它就会死亡；含有尾蚴的钉螺，称为阳性钉螺，阳性钉螺逸出尾蚴，从而感染人和畜。因此有钉螺的地方，就有血吸虫病流行的可能。

但如果钉螺没有毛蚴寄生，则不会感染人畜。目前，灌溪镇中心桥村的钉螺就属于后一类。

九、不是在水里，人畜就不会感染血吸虫吗？

不一定。尾蚴从钉螺体内逸出的首要条件是水，阳性钉螺在即使只有点滴露水的草地或潮湿的泥土地上，也能逸出尾蚴，从而感染人畜。从这一点而言，疫区钉螺灭螺显得至为关键和重要。

十、个人怎样预防血吸虫？

1. 不在有钉螺分布的湖水、河塘、水渠里游泳、戏水。

2. 因生产生活不可避免接触疫水者，可在接触疫水前，在可能接触疫水的部位涂抹防护药，如防护霜和皮避敌等，也可穿戴防护用品，如胶靴、胶手套、胶裤等，预防血吸虫感染。

3. 接触疫水后，要及时到当地血防部门进行必要的检查和早期治疗。

十一、国家和政府在上河口实施了哪些血吸虫防治系统工程？

1. 牛望嘴外河中层取水。根据钉螺主要分布在河岸常水位线上下1米范围内的习性，实施穿堤工程（1997年），将抗旱用进水管道向澧水外河中层延伸（总计长度70米），将引水涵闸的进水口底板高程置于最低有螺分布高程以下2～3米（实际高程为海拔27米），从而避开有螺水层取水。

2. 田间沟渠硬化。2010—2011年，国家实施环洞庭湖治理工程，上河口村绝大部分的水田都实施了茅渠（500×500米经、纬线之内的田间小水渠）硬化工程，全部按照100×100米模式网格化硬化，为消灭垸内钉螺提供了有力的保障（原上河口9组及原介福8组等部分区块，因未达到整改规模要求没有硬化）。

3. 人畜安全饮水。2012年，原上河口、介福两村接通自来水，由原黄珠洲乡自来水厂地下取水净化，解决了人畜饮用水安全问题，大大降低了村民生活中接触疫水的概率。

4. 血防教育进校园。据鼎城区卫计局副局长沈毅介绍，自20世纪80年代开始，鼎城区教育和卫生部门就坚持疫区血防教育进校园，数十年如一日，为血吸虫防治筑起了一道有力的屏障，大大降低了疫区群众感染血吸虫的概率。

十二、为什么要对家畜粪便和家畜养殖进行严格管理？

在血吸虫病流行区，人畜（牛、羊、猪等）粪便含有大量虫卵，极易污染有螺环境，是血吸虫病的主要传染源。因此，加强对家畜的管理，防止其粪便对环境的污染，即防止新鲜粪便进入河流，对控制血吸虫病的传播具有十分重要的意义。

家畜管理的方法主要有：家畜圈养，禁止放牧，以机代牛。依据法规，政府严格禁止沿澧水洪道大堤3公里内及外洲放牧牛羊，主要就是考虑民生健康的需要。

十三、吡喹酮与血吸虫病治疗有什么关系？

吡喹酮是目前唯一用于治疗血吸虫病的广谱高效药物，且不良反应轻，在血吸虫病防治中起着重要作用。只要坚持定期到血防站进行综合治疗，可以将血吸虫对人体的危害降低到最低程度。现在上河口就不乏八九十岁的高寿老人。

此外，南瓜子有遏制血吸虫在动物体内向肝脏移行的作用。在小白鼠感染血吸虫尾蚴的同时，给服南瓜子共28天，有预防作用；但对成虫无杀灭作用。基于疗效较慢，且作用范围相对较小（对成虫无杀灭作用），国家不提倡此种治疗方法。

十四、血吸虫钉螺天敌——灰斑鸻（héng）是怎样消灭钉螺的？

灰斑鸻是一种小型涉禽，长足、短尾、尖翼，喜食血吸虫钉螺，而且排出的粪便没有活的血吸虫，真可谓是"瘟神的克星"。

一只灰斑鸻每天可吞食50只钉螺。鄱阳湖区3月份有五六万只灰斑鸻，至少能吞食两三百万只钉螺。这个庞大的数字，对于血吸虫病的防治，无疑具有重大的意义（灰斑鸻在洞庭湖区有分布，但没有具体的统计数据）。

十五、路边野草有大用——血吸虫植物天敌博落回是怎样预防血吸虫的？

博落回是长江流域常见的一种野草，别名号筒杆、叭喇筒、山梧

博落回

桐。在常人眼中，它是一种没有任何用处的野草，如果长在田边，甚至觉得它很讨厌，因为它可以长到一两米高，妨害农业生产。但对于血吸虫疫区而言，它却是一个了不起的"宝贝"。

它对钉螺有很好的杀灭作用，对血吸虫尾蚴和虫卵也有很好的杀灭作用。人畜粪便污染是血吸虫的主要传染源（里面有虫卵），但砍上几棵博落回，剁碎丢进粪坑，可以起到很好的杀灭虫卵的作用，它还可以杀灭粪坑中的蛆和苍蝇。

博落回还是一种很好的绿色农药，蔬菜、水稻上的青虫、二化螟、三化螟等螟虫，用博落回煎液喷洒，可以轻松杀灭。

此外，博落回还是治疗皮肤病的良药，还可促进消化功能，是天然的杀菌、消炎饲料添加剂。德国专家用添加博落回提取物的动物饲料，不仅实现了抗生素在猪、牛生长中的促生长、抗菌、消炎作用，且几乎无任何化学残留在体内，在喂养的猪肉的检测中，成功通过欧盟对肉质内抗生素残留的检测。

一个被多数中医遗忘的止咳秘法

——我的治病养生千金方之三

2018 年 12 月 30 日草拟		
2019 年 1 月 5 日完稿	星期六	阴

　　早饭后，一个家里有孩子在城里读书的村民打来电话，说是学校放月假了，但因为大雪阻隔，班车停运，孩子无法回，家长无法接。他担心孩子在学校的生活保障，或者贸然回家的安全，希望我给学校或者是相关部门反映，以后遇到此类极端天气，能提前通知，这样家长就能提

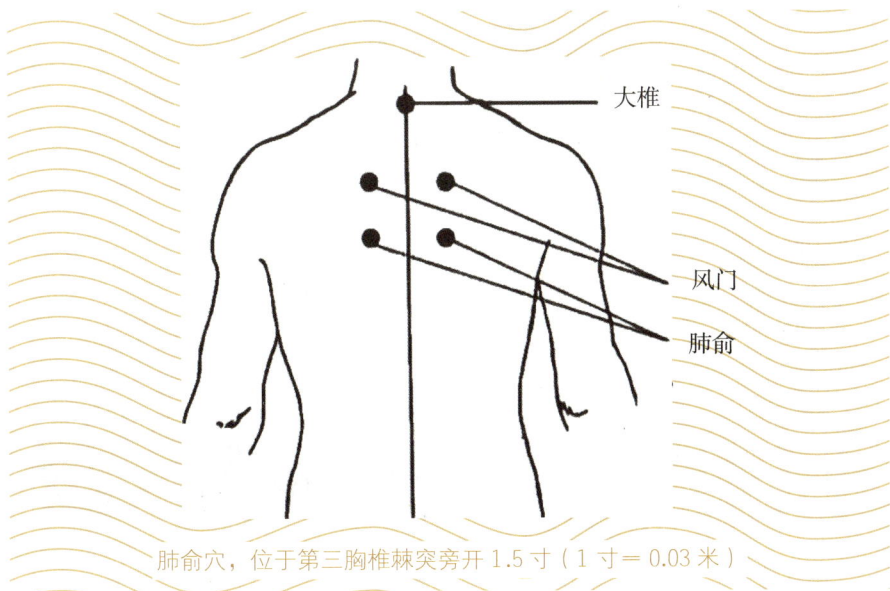

大椎

风门

肺俞

肺俞穴，位于第三胸椎棘突旁开 1.5 寸（1 寸 = 0.03 米）

前预防并做好相应安排。同时他告诉我，因为天气寒冷，孩子感冒了，咳得厉害，到医院吊了几天水。

我说安全和生活问题，我会向相关部门反映，至于感冒咳嗽的问题，办法很简单：用伤湿止痛膏或云南白药膏，贴肺俞穴，效果立竿见影。这是我最近与风寒感冒咳嗽作斗争的亲身经验。

11月下旬，迎检气氛日益紧张，区扶贫办要求按照市里的十项标准做好相关准备，产业扶贫、健康扶贫、教育扶贫、入户走访、屋场会、贫困户技能培训会、政策宣讲会、普通话动员会……最要命的是所有的事项都必须要有详细的图片和文字佐证材料。我用手机语音打字完成初稿，再坐在电脑桌前，一字一句地推敲修改（表格就只能在电脑上直接填了），天气又冷，寒气直往袖口里钻，手腕骨头生疼，时间一长，免疫力自然下降，一不小心就感冒了。因为大意，开始时没有服用维生素

区卫校、残联、农商行、侨联等单位在上河口开展走访慰问活动

C及时控制局面，遂致不可收拾。咳嗽越来越剧烈，越来越频繁，直咳得眼冒金星、涕泪交流；咳得浑身燥热、耳鸣如蝉；咳得寒透脊髓、如坠冰天；咳得翻江倒海、七荤八素，直让我灵魂出窍，怀疑人生。

匆匆回了一趟城，按照医嘱吊水，效用不大。晚间躺在床上，不由自主地就咳起来。为了不影响老婆休息，我努力地平息自己的情绪，屏住呼吸，诗意地想，自己是一片宁静的大海，但慢慢地就有水波从远处微微涌起，越涌越快，越涌越近，越涌越高，越涌越磅礴，涌成一道高墙、一座山，然后轰然倾倒，以万钧之力砸碎我所设置的堤坝，将我彻底淹没。有那么几分钟，我忽然发现，有意识地用鼻子吸气，让自己胸肌开张，元气充沛，然后再慢慢地呼出气来，能很好地控制咳嗽。但瞬间，平地一声惊雷，把我的喉头炸得粉碎……

我预感，20多年前的一幕又将重演：因为吃橘子过敏导致支气管炎，我花了几年时间才平息那场咳嗽。如果那样，实在是太恐怖了。

长夜难明。我努力冷静地想：既然是喉头难受，是不是在喉咙外边贴点膏药能有点效呢？不如在手机上搜搜看吧。这一搜还真有发现：用伤湿止痛膏贴肺俞穴，有神效。伤湿止痛膏，家里从来没备，夜半时分，也无处可买。老婆说："有云南白药膏，试试看行不行？"我说："那就试试吧。"这一贴，效果还真不错。不出五分钟，咳嗽减轻，半个小时之后基本上就不咳了。

第二天回村的路上，因担心云南白药的效用，专门到药店买了伤湿止痛膏，贴后效果特别理想。但两天之后，因为自行换药，位置贴得不准，出现了反复，请管饭的谭老倌帮忙，又才开始好转。

恰好这时，本人身体的"娇贵"本色再次显露无遗：过敏，贴药部位钻心般地痒。罢了，再找别的膏药吧。想想自己膝盖疗伤的膏药——王氏冷敷贴，已经贴了差不多8个月，但从来没有过敏现象，我想：就是它了。这一贴，还真神，它不仅治好了我的咳嗽，还顺便治好了我的耳朵痒、冬天鼻塞流鼻涕等诸多问题。这膏药主要是用来治疗膝关节炎、颈椎病、腰椎疼等关节疼痛的，有些贵，100块钱一贴，当然买10张就可以打批发，60块钱一贴。这膏药疗效比较长，一贴可以管10天。特此申明：我不卖膏药。

现代人普遍存在过度医疗问题，特别是滥用抗生素，对人体影响特别大。比如我一旦感冒，因为产生了抗药性，普通抗生素根本没有用。

经咨询中医专家，按照中医经络理论，风寒感冒咳嗽可以用前面几种膏药贴好，但一般中医都不会说（甚至不记得）这种方法，而是直接推荐西医疗法，这是中医的悲哀和伤痛。不过，他同时强调，咳嗽原因多种多样，过敏（空气、花粉、食物、药物等）、鼻后滴流、急性咽喉炎、上呼吸道感染、支气管扩张、肺炎、肺结核、百日咳、返流性食管炎等疾病均会产生咳嗽症状，其治疗方法也会因人、因病而异，有医疗条件，最好先到医院检查，再对症治疗。如果咳嗽经久不愈，必须到正规医院检查，防止出现器质性病变，甚至癌变，如果此时仍然只贴膏药，将严重影响病情，延误治疗。

（本文由常德市第一中医医院主任医师杜安民提供医疗咨询，特此鸣谢）

第八章

清清白白扶贫

十万善款明白账

——那些不能忘记的善和爱之二

2019 年 2 月 2 日定稿	星期六	阴转晴

2018年1月9日，民情日记《"丰收"了一季稻》发表之后，一位企业家主动捐款10万元，指定用于上河口沟港清淤等相关工作。一年过去，这笔善款已经全部用完。现将使用情况公布如下：

善款使用公示一览表

序号	使用项目	位置	金额（万元）
1	上半年沟港清淤	详见收据及照片	7.9
2	下半年沟港清淤	详见收据及照片	1.24
3	坝基整修	详见收据及照片	0.2
4	稻田蘑菇	原介福 9 组	0.19
5	排水机埠电力整改	原上河口 8 组	0.47
6	合计	—	10

说明：

1. 今年下半年和上半年的沟港清淤相比，下半年的价格明显高于上半年。监工人员王建波说，有村民对上半年的施工质量有意见，这一次施工就特别多花了些心思，要做得更好，就必须得花更多的时间、更多的钱。

2. 稻田蘑菇，没有独立的收据，通过转账记录体现（详见附图）。

在上河口搞稻田蘑菇，主要基于发展生态循环农业，同时也是希望能够为稻田秸秆找到一条出路，减少秸秆焚烧量。在原介福9组试种稻田蘑菇，购种5200元，退种3300元，实际支出1900元。

3. 原介福13组抽进水堵水坝坝基整修，由该组村民邓红平施工，暂未完全完工，施工效果不是让人很满意。邓红平表示，将尽量做好后续工作。

爱出者爱返，福往者福来。马上就到2019年春节了，真心祝福这位企业家猪年大吉，福慧双增，事业如虹，万事如意！

注：这篇民情日记在白狼文化发布时，所有分项支出均有收据为证，同时配备了经11线（纬18、纬19线）、经10线（纬18、纬19线）沟港清淤效果图，原上河口8组排水机埠电力整改现场图，上河口9组纬19线（经10、经11线中间）、原介福13组农田抽进水堵水坝坝基整修图，稻田蘑菇微信付款记录截图，原介福9组稻田蘑菇试种点图片等内容，受篇幅限制，这里不再一一展示。

2018 年春节慰问募捐明细

——节选自 2018 年 1 月 28 日白狼文化民情日记（9）文案

经白狼文化与姚书记商量，决定以民情日记系列所收到的赞赏金为基础，再找社会爱心人士筹集一点，在春节前对村里15户贫困家庭进行一次走访慰问，并于1月27日发出了募捐倡议。倡议发出之后，得到社会各界的热烈响应，捐款的朋友来自各个行业、各个年龄段、各个公益组织、各个民间协会……大湖股份祖亮慈善基金会的志愿者、常德市旗袍文化协会的会员们、九妹公益的志愿者、常德市献血志愿者……还有一些第一次参加爱心活动的朋友，一些经常在各个公益组织都出现的热心朋友……

截至2018年1月27日22点整，共收到捐赠现金17495元，超过了每家慰问金1000元的目标，物资：金健面条150斤、金健油15桶。所以整个捐赠活动到此终止，感谢各位爱心满满的朋友们的付出，后续我们将视天气的好坏，择日把朋友们的心意直接送达，后续情况也会第一时间在本公众平台进行公示……

现在把本次捐赠的爱心款项与物资详细情况公布如下，因时间紧、人数多，如有遗漏或错误之处，请朋友们指出修正。

捐赠的爱心款项及物资一览表

姓名	金额（元）	姓名	金额（元）
民情日记系列赞赏金	2851	柳城老莫	200
李淑进	1000	九妹公益钟立平	100

（续表）

姓名	金额（元）	姓名	金额（元）
祖亮基金迷茫	200	九妹公益陈伟珍	100
白狼	200	九妹公益野狼	100
祖亮基金佳钢百炼（华哥）	200	九妹公益李雪	200
德山酒业熊敏	100	九妹公益罗方松	100
烟厂李爱国	200	九妹公益雷光华	100
祖亮基金紫蝴蝶	100	九妹公益一滴水	200
祖亮基金汤永君	100	九妹公益王盈贞	200
沈姐	66	九妹公益九妹	200
微德德味卯小发	200	九妹公益简淑玲	100
祖亮基金中央工人	100	九妹公益李花香	100
祖亮基金毛毛	100	旗韵会馆张智慧	100
祖亮基金驿动的心	88	旗韵会馆胡传红	100
祖亮基金爱心人士	1000	（晶玥）华珍	200
小彭哥	200	旗袍协会湘平	100
设计师美美	66	旗袍协会苏苏	200
孔子门徒罗俊明	200	旗袍协会惠子	200
弘影影视	100	旗袍协会刘卯香	100
小云朵朵	100	旗袍协会菲菲	100
凌妹妹	200	旗袍协会红梅姐姐	200
武陵君子	200	旗袍协会欢颜	100
斯可馨家具方月琴	200	旗袍协会杨光华	100
安发国际汉寿专卖店朱培赋	200	旗袍协会杨毅	100

（续表）

姓名	金额（元）	姓名	金额（元）
红烨山庄杨总	200	旗袍协会陈付玲	200
温莎 KTV 魏来	100	旗袍协会刘明兰	100
旗帜家具张佳美	100	旗袍协会邹凤英	100
祖亮基金陈延林	100	旗袍协会陈虹霖	500
伍媚娘	200	旗袍协会王霞	500
佳宝货架谭金秀	200	旗袍协会兰蕙	200
安子文化传媒	100	旗袍协会夏怡花	100
迎宾社区山间雨露	200	旗袍协会平平安安	200
祖亮基金雪山飞燕	58	旗袍协会吴小平	100
心儿	200	旗袍协会如意	100
绿叶姚杰	100	旗袍协会佳锶	200
沸点创意周总	200	旗袍协会鄢远香	100
中心血站朱志斌	500	旗袍协会鲍岚	100
献血志愿队刘革军	100	旗袍协会李韬	100
华南光电桂斯睿	100	旗袍协会周群华	100
散协梦轩	100	旗袍协会敏姐	100
翦翦风	100	旗袍协会明丽	100
觉贤	200	旗袍协会刘彦	200
叶	66	临澧旗袍会肖智慧	200
总计：17495 元	10895	—	6600
其他	旗袍协会余翔：金健面条 150 斤、金健油 15 桶		

民情日记 1—7 期赞赏金一览表

分期与篇目	发布日期	赞赏金（元）
民情日记（1）鸭司令赵怡华的"无指禅"	2017 — 12 — 11	699
民情日记（2）见面会来了个"猫洗脸"	2017 — 12 — 18	350
民情日记（3）苍老的乡村	2017 — 12 — 24	736
民情日记（4）我的葡萄不愁卖	2017 — 12 — 29	302
民情日记（5）一场不成功的动员会	2018 — 01 — 03	213
民情日记（6）"风收"了一季稻	2018 — 01 — 09	230
民情日记（7）牌桌边"论兵"	2018 — 01 — 22	321
合计	—	2851

（实地走访图文略，详见白狼公众号）

（1—15 号家庭情况图文略，详见白狼公众号）

2018年贫困与残疾家庭
春节慰问明细公示

——节选自2018年2月10日白狼文化文案

　　2月7日，离发起上河口村慰问募捐刚好10天整，清晨的太阳早早地露出了笑脸，柳梢上的嫩芽，在阳光的照耀下绿得格外有生命力。

　　在还有点浸人的晨风里，两队人马在市体育中心会合。一队旗袍美女，格外优雅圣洁，她们是陈虹霖会长带队的常德市旗袍文化协会的会员们。另一队"黄马甲"则是由大湖股份祖亮慈善基金会办公室主任钟琴带队的志愿者团队，他们是来自各行各业的优秀爱心人士。伴随着他们的还有来自社会众多爱心人士的1.5万元现金捐赠（捐赠现金余额还有2495元整），即每户家庭1000元的春节红包。

　　常德市余翔工程咨询公司总经理、注册造价工程师余翔捐来了近200斤金健面条和17桶金健油（含两份另行安排的慰问物资）。她是一名从事工程造价工作30年、无比热爱旗袍的女性，这些物资更显她的大爱之心。

　　来自陕西西安一位不愿披露姓名的爱心人士捐赠的香肠是由纯正黑毛猪猪肉制作而成，市场售价高达每斤70元。

　　来自常德市青年文艺交流协会会长胡文钟、常德市胡文钟书法学校常务副校长梁飞熊专门为所有要慰问的家庭书写的对联和福字，一拿出来就格外有喜庆的感觉。

　　来自盼盼防盗门专卖和老西门旗韵会馆的旗袍女子周伟，同时也是旗袍文化协会爱心部的部长，提前一天，专门去大润发买好了奶糖，给每个家庭一份……

经过一个多小时的车程，来到上河口村村部之后，进行了简单的分组，第一组由旗袍文化协会会长陈虹霖与协会党支部书记王霞带队，慰问7户人家……优雅的气质、甜美的笑容，给原生态的上河口村增添了一道靓丽的风景。美德方能铸就真正的美人，感恩旗袍文化协会一直以来积极参与白狼组织的各种公益活动，为残疾人与贫困家庭送上了很多的温暖，也用实实在在的行动践行着"精准扶贫，你我同行"的社会责任……

（本次走访慰问的 15 户贫困家庭情况图文略，详见白狼公众号）

送"福"上门的常德市旗袍文化协会会员与慰问对象合影

旗袍姐姐"如意"为慰问对象理发

2018年4月27日送书活动明细公示

——节选自 2018 年 5 月 6 日白狼文化文案

　　上一期（第17期）民情日记曾说过组织一次给上河口村孩子送童话的活动。经过多方努力与召集，五一节前夕，大湖股份祖亮慈善基金会秘书长张倩、常德市旗袍文化协会党支部书记王霞带领一群爱心人士来到了上河口村。

　　这一次给孩子们带来的书籍与学习用品非常丰富。祖亮慈善基金会给上河口村即将建成的留守儿童之家捐来了10套课桌椅。我们用民情日记往期捐赠的赞赏金购买了各类书籍、书包与文具用品。每个孩子获赠27本书籍，并书包、文具各一套。

　　我们希望，这一本本的书籍带给孩子们的不仅仅是知识的海洋，还有儿时最甜蜜的回忆，它们将为孩子们打开未来七彩世界的一扇窗，窗外是水晶般的童话世界……

　　本次慰问活动收支情况：

　　民情日记前7期①的赞赏金及爱心人士捐款的余额为2495元（见第9期公示），再加上9—16期的赞赏金1874元，总共为4369元。

　　《培养超级神童的1000个思维游戏》每套6册，20套，价值840元；

　　《中国儿童百科全书普及版》每套10册，20套，价值880元；

　　《语文新课标必读丛书》每套4册，20套，价值620元；

----

　　① 第8期民情日记为白狼文化公众号写的一篇募捐文章，没有赞赏金。

批发市场购买的7套包含作文系列、字帖、词典、名著等各类在内的图书，每套20本，价值788元；

书包、文具、笔、本子等各20套，价值930元。

总共开支：4058元。

赞赏金余额：4369－4058＝311元。

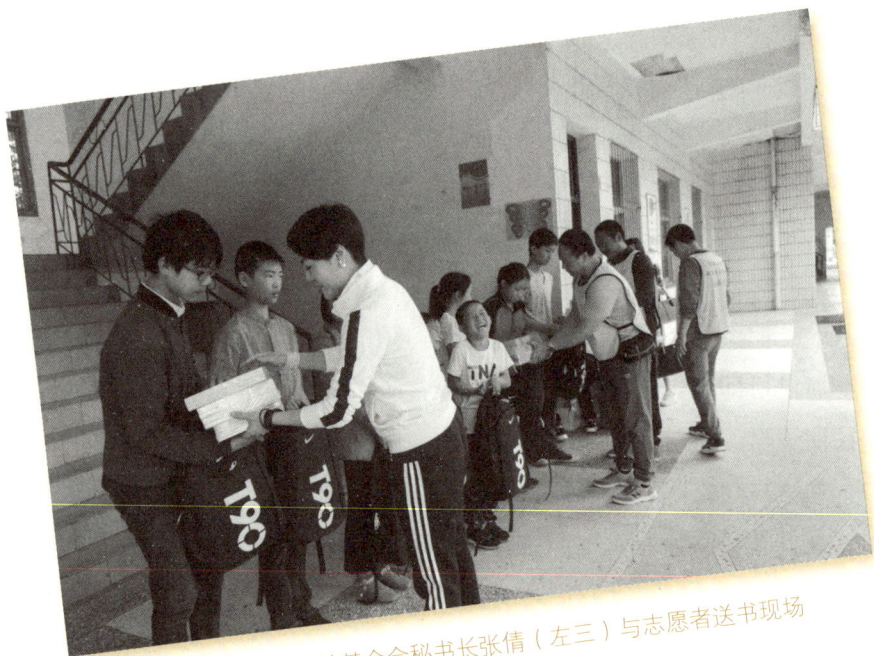

大湖股份祖亮慈善基金会秘书长张倩（左三）与志愿者送书现场

民情日记 9—16 期赞赏金一览表

分期与篇目	发布日期	赞赏金（元）
民情日记（9）捐赠中止，但爱还将延续……	2018－01－28	75
民情日记（10）给孩子一片童话世界	2018－02－06	297
民情日记（11）上河口，我们向前走	2018－02－16	244
民情日记（12）人情，村干部不能承受之重	2018－02－28	271

（续表）

分期与篇目	发布日期	赞赏金（元）
民情日记（13）劳动风波	2018 — 03 — 06	218
民情日记（14）上河口招贤贴	2018 — 03 — 13	376
民情日记（15）胡萝卜　白萝卜	2018 — 03 — 31	195
民情日记（16）别了，恐怖的"皮神经"	2018 — 04 — 07	198
合计	—	1874

等待捐赠活动举行的黄珠洲中心校教师和上河口部分留守儿童

（内容有删节，原文详见白狼公众号）

"产业扶贫　爱心助老"
爱心公益活动公示

——节选自 2019 年 3 月 23 日白狼文化文案

　　响应党的十九大精神，打赢精准扶贫战役，是每一个企业、社会组织必须承担的责任和义务。3月15日，常德市数家社会组织及其党支部在上河口共同开展了一次"产业扶贫　爱心助老"爱心公益活动。

　　参与本次活动的有：常德市社会组织联合会党支部、常德市创业孵化基地党支部、常德市旗袍文化协会党支部、常德市网商协会党支部、

常德市部分社会组织党支部上河口产业扶贫调研座谈会现场

大湖股份祖亮慈善基金会党支部、市就业处党支部。

活动全程由白狼文化策划组织。整个活动内容丰富，大家首先列席了上河口村主题党日活动；然后兵分三路开展走访慰问，上河口15家贫困孤寡老人，每户一个500元红包，一套生活护理用品，一套米面油；最后返回村部进行产业扶贫调研与座谈。

常德市旗袍文化协会会员慰问上河口五保户

本次慰问金500元每户，15户共7500元，由民情日记系列文章赞赏金提供，不足部分由白狼文化传播有限公司补齐。具体金额如下表所示。

民情日记 17—32 期赞赏金一览表

期号	标题	赞赏金（元）
17	"冷养甲鱼王"许国华的养鳖"三字经"	339
18	梦里河洲	205
19	好在没放弃	210

（续表）

期号	标题	赞赏金（元）
20	关于血吸虫不得不说的一些话	73
21	60里"水路"绕上河	249
22	孩子，读书才有你的未来	412
23	佳节又中秋　情深上河口	102
24	遇见他（她）请给一个微笑	233
25	人生的风雨来时	412
26	大湖股份的上河情缘	387
27	一个被多数中医遗忘的止咳秘法	102
28	此生就爱这粒米	204
29	村级工作的十个辩证法	103
30	击鼓传花，只为延续书香	189
31	十万善款明白账	157
32	来自星星的爱心妈妈和爸爸	111
	小计	3488
	以往结余	311
	合计	3799

（内容有删节，另经作者及白狼先生后来核对账目，发现公布在白狼公众号上的原文的账目有误，故在本书出版时加以修正，原文详见白狼公众号）

后　记

机缘辗转，花开见日。2019年7月，我的扶贫系列民情日记引起广东人民出版社关注，并嘱从速整理，结集出版。

此后半年多时间，因为各种日常事务实在太过繁杂，这项作业一直没能完成。

一场突如其来的新冠肺炎疫情，迫使我放下匆忙的脚步，也给了我一段相对宽松的时间去回望、梳理我的民情日记。

从2017年8月25日"鼎级传媒"发布我的第一篇民情日记《我的葡萄不愁卖》起，截至目前，已完成60余篇，共18万多字。写作之前，我并没有明确的方向，只是应时而起、因事而为、有感而发，但写着写着，就成了一个相对完备的系列，基本涵盖了脱贫攻坚的方方面面。这些日记的绝大部分，都发布在自媒体白狼文化上。按照出版社的要求，我做了大量去粗取精、删繁就简的工作，形成现在这个模样。因为篇幅限制，一些涉及乡村治理、独立个案或者需要后期探索、后续印证的篇目，都只能忍痛割爱。

回望来路，心中满是感慨、感动和感恩。

我要感谢各级领导特别是我的"娘家"区政协、区扶贫办、区驻村办、区卫健局、区侨联，感谢你们对我和上河口村扶贫工作的关注关爱和鼎力支持。

我要感谢因扶贫而结识的各界朋友、爱心人士和志愿者，特别是白狼先生、祖亮慈善基金会、常德市旗袍文化协会、桥南市场非公党支部，感谢你们一路同行，给了我们一路阳光、温暖和勇气。

我要感谢单位同事、后盾单位、驻村工作队的各位战友以及上河口村支"两委"的各位成员，感谢你们风雨同舟、相伴相随、相携相持。

我要感谢我的同学和学生，感谢你们在批判我"书生意气""不撞南墙不回头，撞到南墙也不回头"之后，又让我满血复活，给我坚定不移的前行力量：老班长学林和培赋、建林、剑波、国相、青山、丕林、立华、彦芳、爱群等同学总是不吝点赞；兴宇、黄锐、贤顺几乎是一篇一评，颊上三毫，龙睛一点，常常让人眼前一亮；军钊、"白加黑"、"一个遥控器"等鼓励我不停地写下去，称"这样写下去，意义是多方面的"；大学同班才女光立，曾以一首《诺亚方舟》诗相赠，那是在我扶贫最为艰难的时刻得到的最宝贵的馈赠，犹如一盏灯、一束光，照亮、温暖我前行的路；一位从不让我提及名字的大学同学给予了真枪实弹的支持，让我在这里赢得了虚誉；仁明同学的倾力相助，给了我和上河口迈开生态农业步伐最初的底气；志超同学为上河口优质农产品销售积极寻找出路，给了我们坚持下去的信心；慈利二中高80班一群曾经的学生，把我"骗"到张家界一位老中医家里，为我"四度损伤"（医学分级最高是三度，但有一名医生下的诊断结论是四度）的左腿膝关节半月板寻找最佳保守疗法……

我要感谢那些我熟悉和不熟悉的微信"粉丝"，他们的"打call"、期待、批评与建议让我没齿不忘。老同事建国、胜晖、海锋、海燕，逢文必转；稻民、姜公每转必评（他们是我心中真正有风骨的文人）；一位外村农民在我长时间没发东西后，曾在微信中说："好久没看见你的文章哒，怪想的。"我知道了这些民情日记的另一份价值：有乡亲看重它、需要它。而与"宁武子"就乡村治理的交流让我至今难忘，他的站位很高，上升到了国家长治久安的高度；一位至今无暇问及姓名的有20多年乡村工作经验的村干部，向我揭示了乡村治理最真实、最共性的一面，他曾有意识地进行过一些调研和统计，这都是我没有时间精力也不方便进行的工作，他的这些工作让我看到了很多堪称教科书式的东西。

我要感谢我的父母、兄弟姐妹和其他家人及朋友，他们是我的"铁粉"，特别是我的爱人，她在怨我"不顾家""不顾自己"之后，依然委屈而默默地支持我。

我要感谢上河口的父老乡亲、贫困群体和优秀儿女，感谢你们的包容包涵、体察体谅、关心关爱。我们深知，我们的工作离乡亲的期盼还有许多差距和不足：入户道路硬化尚未完全完成；水利设施建设欠账仍然巨大；生态循环农业还只是刚刚起步；人居环境改善任重道远；还有不少乡亲有一些没能实现的小心愿、小梦想……对此我深感歉疚。但我深信，只要我们不忘初心、砥砺前行，所有上河口人就会梦想可期，未来可期。

世界正面临百年未有之大变局，而蔓延世界的新冠肺炎疫情，无疑将成为这场变局的催化剂和加速器。多年之后回望，我们会发现这场疫情终将成为脱贫攻坚和乡村振兴无法回避的一个"梗"，同时也是中华民族伟大复兴的一个重要转折点。这场疫情对中华民族的集体性格、民族心理、行为习惯、饮食结构等都将产生深远影响。中国将进入一个新的社会治理、产业结构、人与自然关系调适期，与之相应，农业产业结构也将进入一个重要的转型期。作为上河口内生脱贫、长期脱贫产业依托的稻鳖、稻蛙等生态种养模式，由于其品类的特殊性，短期内将面临很大冲击，只是这种冲击究竟有多大，时间究竟有多长，暂时还无法准确预测，它与疫情发展紧密相连，也与国家宏观决策和整体经济形势息息相关。但可以肯定，生态种养的大方向是没错的，因为我们的生态环境同样面临着前所未有的挑战，需要刮骨疗毒式的深层治理。我们期待科学家和白衣战士早日战胜疫情，也期待国家科学睿智的宏观决策，助推中国经济长期科学、稳定、向好发展。

也许我们会遇到很多困难，但我们会坚定不移地走下去。

姚高峰

2020 年 7 月